Ce livre appartient à

... ...

... ...

... ...

Fantomette

RETROUVEZ Fantômette DANS LA BIBLIOTHÈQUE ROSE

Fantômette au carnaval
Fantômette et la télévision
Fantômette et le château mystérieux
Fantômette et son prince
Fantômette et les 40 milliards
Les sept Fantômettes
Fantômette et la lampe merveilleuse
Fantômette contre Fantômette
Fantômette s'envole
Fantômette ouvre l'œil
Fantastique Fantômette
Fantômette brise la glace
Fantômette et le masque d'argent
Les exploits de Fantômette
Fantômette et le trésor du pharaon
Fantômette et la Dent du Diable
Pas de vacances pour Fantômette
Fantômette contre le hibou
Fantômette contre le géant
Fantômette en danger
Fantômette fait tout sauter
Mission impossible pour Fantômette
Fantômette et la maison hantée
Fantômette et la grosse bête
Fantômette à la Mer de Sable
Fantômette et le brigand
Fantômette chez le roi
Fantômette et le Dragon d'or
Fantômette viendra ce soir
Fantômette et le mystère de la tour
Fantômette contre la main jaune

Georges Chaulet

Fantômette contre la Main Jaune

HACHETTE

Hachette Livre, 43, quai de Grenelle, 75015 Paris.

Chapitre 1

Le coup de téléphone

— Crois-tu que nous allons trouver des bandits ? Il paraît que la Sicile, c'est tout plein de brigands qui vous mettent des gros fusils sous le nez et qui vous crient en italien : « La bourse ou la vie ! »

Pour donner plus de force à ce qu'elle vient de dire, la grande Ficelle roule les yeux d'une manière effroyable, en peignant sur son visage une expression d'épouvante qui pourrait faire croire qu'elle est directement menacée par un de ces terribles bandits.

La brune Françoise sourit.

— Ma grande, tu verras bien lorsque nous serons sur place. À moins que tu n'aies trop peur ? Dans ce cas, il faudrait renoncer tout de suite à ce voyage.

— Ah ! non, par exemple ! J'espère bien que nous serons attaquées par des brigands. Sinon, ce serait dommage d'aller si loin pour rien !

Ficelle (une grande asperge) et Françoise (éveillée et dégourdie) ont ouvert un atlas scolaire sur lequel elles examinent une carte de la Méditerranée. Ficelle pointe un long doigt vers la Sicile.

— Tu as vu, Françoise, cette forme bizarre ? La

Sicile est une île triangulaire. Il faudrait que notre bateau en fasse le tour pour que nous puissions vérifier si c'est bien un triangle à trois côtés.

— Les triangles ont en général trois côtés, ma chère Ficelle.

— Oh ! moi, je peux très bien te dessiner un triangle à quatre, cinq, six côtés... Qu'est-ce que c'est, ce potin dans la cuisine ?

— Ce doit être Boulotte qui fait marcher l'ouvre-boîtes électrique.

— Comment ? Elle va encore manger, cette gloutonne ? Elle ferait mieux de venir nous aider à préparer notre liste de bagages !

Depuis une semaine, ce voyage en Sicile est le grand sujet de conversation des trois amies. Un voyage inespéré, mirifique, mirobolant ! Une croisière gratuite sur les flots de la Méditerranée, à bord du paquebot *Anthéor*.

Boulotte, Françoise et Ficelle ont participé au concours « Français, connaissez-vous la géographie ? » organisé par le grand quotidien *France-Flash*. Les concurrents devaient répondre à cette question : « Quel est le pays que vous aimeriez visiter et pourquoi ? »

La gourmande Boulotte avait dit : « Je voudrais visiter la Chine. Il n'existe que deux grandes cuisines au monde : la française et la chinoise. Je connais la première, mais pas la seconde. C'est pourquoi je voudrais aller à Fou-Tchéou pour goûter la soupe au soja et déguster des nids d'hirondelles. » Ficelle avait porté son choix sur la planète Mars. Elle désirait se rendre sur cet astre pour « bavarder avec les Martiens et leur demander ce qu'ils pensaient de sa nouvelle coiffure ». Plus modestement, Françoise avait expliqué qu'un séjour en Sicile lui permettrait de prendre contact avec une vieille terre où se mêlaient l'Histoire et la Tradition, où elle découvrirait le pittoresque d'une vie latine encore préservée des atteintes de la civilisation moderne. Elle avait développé ses arguments avec des termes si convaincants, tourné ses phrases avec un style d'une telle élégance, que le jury de *France-Flash*, charmé, lui avait attribué à l'unanimité le premier prix, lequel consistait en un voyage tous frais payés, pour trois personnes, sur un des navires de la Compagnie des Croisières méditerranéennes. Elle avait donc reçu, en plus du sien, deux billets dont ses amies allaient profiter.

Maintenant, les trois filles s'activent dans la préparation de leurs bagages. Boulotte s'efforce de transférer dans sa valise son épicerie personnelle. L'épicerie en question loge dans une armoire de bois blanc et se compose d'un stock impressionnant de chocolat, pots de confitures, boîtes de pâtés, sardines et petits pois, complété par du lait en poudre, des tubes de mayonnaise et des petits flacons contenant du poivre moulu, du cumin ou du cary. Il s'agit de résoudre un problème difficile : comment faire tenir le contenu de l'armoire (un demi-mètre cube) dans l'intérieur d'une valise de cinquante décimètres cubes ? Soit un rapport de 10 à 1.

Ficelle prépare un canot pneumatique (pour le cas où l'*Anthéor* ferait naufrage), un appareil photo (pour

faire quelques clichés des bandits) et un cahier de cinq cents pages dont un titre en noir sur la couverture rouge indique déjà qu'il va contenir des « Impressions de voyage par la grande exploratrice Ficelle ».

Françoise secoue sa tête pour faire bouffer ses boucles noires et dit :

— Je vous laisse, mes petites. Il faut que j'aille donner du lait à mon chat.

— Qui va lui préparer à manger pendant que tu seras absente ? demande Boulotte.

— Ma voisine, la mère Michel. Elle recueille tous les chats du quartier. Elle les bourre de mou, de poisson et d'olives vertes.

Boulotte lève un sourcil.

— Quoi ? Les chats mangent des olives ?

— Oui, si on leur enlève les noyaux d'abord. Au revoir, à demain !

Françoise fait un petit signe de la main et sort. Boulotte, songeuse, cesse pendant un moment de mastiquer les petits pois qu'elle sort d'une boîte avec une cuiller à café, et murmure :

— Des olives ! Je n'aurais jamais eu l'idée de donner des olives à un chat... Je me demande s'ils aimeraient les cacahuètes.

*

* *

Diablo, le chat noir de Fantômette, vient se frotter contre les jambes de sa maîtresse en ronronnant et en faisant le gros dos. Fantômette ouvre un carton de lait, remplit une petite assiette creuse en plastique rouge et la pose sur le carrelage de la cuisine. Diablo avance son museau rose vers l'assiette, la flaire avec méfiance (comme si le liquide blanc qu'on lui sert tous les jours pouvait être autre chose que du lait !), puis, rassuré, il entreprend de vider le récipient à petits coups de langue.

— Monsieur Diablo veut peut-être du *Miaou,* maintenant ? Oui ? Il y en a une boîte entamée dans le frigo...

Fantômette est sur le point d'ouvrir la porte du réfrigérateur, quand elle suspend son geste. Une sonnerie vient de retentir dans la pièce voisine.

— Tu m'excuseras, Diablo, mais c'est le téléphone.

Elle sort de la cuisine, décroche le téléphone.

— Allô ? Comment ? Qui êtes-vous ? Je vous entends très mal... Parlez plus fort, s'il vous plaît...

Fantômette applique fortement l'appareil contre son oreille pour essayer de capter la voix de son interlocuteur qui semble lointaine ou très faible. Une voix étrange, d'ailleurs, qui chuchote plutôt qu'elle ne parle. Fantômette répète :

— Voulez-vous parler plus fort ?... Quoi ?... Vous ne pouvez pas ?... Mais pourquoi ?

Dans l'appareil, des mots arrivent, indistincts, précipités, et d'une nature étonnante.

— ... Impossible... on m'entendrait... ils sont là-haut... je suis prisonnier... ils se sont absentés

quelques minutes, et j'en ai profité pour me servir de leur téléphone... vous êtes bien Fantômette ?

— Oui, c'est moi. Mais qui êtes-vous ? Il me semble connaître votre voix...

— Coquetier... l'ingénieur Coquetier... Vous savez bien, le géologue...

Fantômette sursaute. Elle le connaît, l'ingénieur Coquetier ! Elle l'a rencontré une première fois alors qu'il était aux prises avec une bande internationale qui cherchait à s'emparer de la Lampe Merveilleuse. Et maintenant, elle le retrouve au bout d'un fil téléphonique, alors qu'il semble avoir de nouveau des ennuis sérieux. Elle demande :

— Qui vous a fait prisonnier ?

— ... Trop long à vous expliquer... Je n'ai que quelques secondes... Écoutez-moi, je n'aurai pas le temps de répéter. Un bateau va partir de Marseille, l'*Anthéor*. Il faut absolument que vous soyez sur ce bateau... Il va se passer quelque chose... Mais quoi ? quoi ?

Le souffle coupé, Fantômette écoute de toutes ses oreilles. L'ingénieur parle indistinctement, avec volubilité, tant il semble craindre d'être interrompu avant d'avoir pu tout dire. Il bredouille :

— Écoutez-moi, je suis dans une villa, près de Sceaux, je crois. Quand on m'a enlevé, j'ai entrevu un chien en faïence bleue sur un bout de pelouse, devant la maison... De ma fenêtre j'aperçois des arbres et un grand bâtiment sur la droite... Peut-être une caserne ou une école... Venez vite ! Ils veulent m'empêcher de parler !

— Qui sont vos ennemis ?

— *La Main Jaune.* Vous entendez ? *La Main Jaune...* Allez sur l'*Anthéor...* l'*Anthéor...* Aaaah !

Il y a des coups sourds, un bruit de lutte, puis brusquement la communication est coupée...

Pendant un moment, Fantômette reste pétrifiée, tenant encore en main l'écouteur où seule se fait entendre la tonalité. Dans la cuisine, un petit bruit — plop-plop-plop — indique que le chat finit de laper son lait.

Fantômette se ressaisit. Sans perdre un instant, il lui faut maintenant délivrer l'ingénieur Coquetier en utilisant les vagues indications qu'il a pu fournir. Elle retourne à la cuisine, remplit promptement l'assiette rouge avec du *Miaou*, puis revêt en quelques secondes le costume de soie jaune qu'elle réserve à ses expéditions aventureuses. Elle s'enveloppe d'une cape, se coiffe de son bonnet à pompon et glisse dans une poche son masque noir : elle le mettra plus tard.

— Et maintenant, à Sceaux !

Trois quarts d'heure plus tard, le métro aérien l'amène à la station Parc-de-Sceaux. Pendant le trajet, l'examen d'un plan lui a fait supposer que les arbres dont a parlé l'ingénieur doivent appartenir au parc. Quant au grand bâtiment, c'est probablement le lycée Lakanal. Supposition confirmée par l'examen des lieux. Elle repère une avenue aboutissant au lycée, bordée d'un côté par des arbres, de l'autre par une ligne de villas. C'est dans l'une d'elles que l'ingénieur doit se trouver.

Elle a vite fait d'apercevoir un horrible chien en

faïence bleuâtre qui aboie silencieusement au milieu d'une petite pelouse, devant un pavillon de meulière. Le portail est ouvert en grand pour laisser le passage à une voiture de sport italienne dont le moteur tourne au ralenti. Mais il n'y a personne au volant.

Alors que Fantômette examine le pavillon, elle entrevoit derrière une fenêtre du rez-de-chaussée une silhouette qui écarte un rideau de velours vert pour regarder à l'extérieur. Elle reconnaît le visage de l'ingénieur Coquetier. Il ouvre et referme la bouche avec un air affolé.

La jeune aventurière franchit le portail en courant, se précipite vers la fenêtre. Un rapide coup d'œil à travers les carreaux lui permet de comprendre la situation. L'ingénieur est ficelé comme un rôti et ne peut se servir de ses mains. Il a fallu qu'il écarte le rideau avec son épaule. D'un coup de pied, Fantômette fait voler la vitre en éclats, glisse la main dans l'ouverture et tourne la poignée de la fenêtre qu'elle ouvre. L'ingénieur balbutie :

— Ah ! merci ! Merci d'être venue... Ils sont là-haut, au premier... Sortons d'ici, vite !

— Entendu. Mais je vais d'abord couper ces ficelles.

Elle tire de sa ceinture un fin poignard florentin et tranche les liens, tandis que Coquetier se lance dans des explications aussi confuses que précipitées.

Fantômette jette un coup d'œil vers un miroir, ajuste son masque et dit calmement :

— Vous me raconterez tout cela en détail quand nous serons au large. Maintenant, filons !

L'ingénieur enjambe le rebord de la fenêtre, passe l'autre jambe à l'extérieur...

Pendant une fraction de seconde, un objet sombre raie l'ouverture de la fenêtre, de haut en bas. Il se produit un choc mat, puis l'ingénieur pousse un cri et s'effondre en avant. Il touche la terre du jardin en même temps que la chose qui vient de tomber sur son crâne : un pot de géranium lâché du premier étage.

Fantômette bondit au-dehors, lève la tête. Là-haut, il n'y a déjà plus personne. Elle se penche pour examiner Coquetier.

Il est évanoui, inerte.

Abandonnant momentanément le blessé, elle repasse à travers la fenêtre pour rechercher l'agresseur. Elle trouve un escalier, grimpe les marches à toute allure, pousse une porte et entre dans une chambre juste à temps pour apercevoir un homme vêtu de clair qui saute par la fenêtre — celle-là même d'où le pot de fleurs a été lancé.

La jeune aventurière se penche au-dehors. Le fugitif est tombé sur la terre molle, juste à côté de l'ingénieur. Il se relève aussitôt, court vers le devant de la maison. L'instant d'après, un rugissement de moteur souligne la fuite de la voiture.

— Trop tard ! Ah ! que j'ai été bête... j'aurais dû rester dans le jardin.

Elle redescend en toute hâte, décroche le téléphone.

— Allô ? L'hôpital Calomel ? Pouvez-vous m'envoyer une ambulance ? C'est urgent.

Elle indique l'adresse, raccroche, prend un coussin pour caler la tête du blessé. Elle lui applique ensuite

des compresses d'eau froide jusqu'au moment où une ambulance stoppe devant le portail. Alors, elle s'éclipse discrètement par l'arrière du jardin.

À la nuit tombante, elle se trouve de retour au logis, juste à temps pour décrocher le chat qui s'est mis en tête de grimper aux rideaux.

Elle décide de se coucher tôt afin d'être en forme pour le lendemain, et revêt un pyjama de soie rouge, noir et jaune en songeant :

« Pourquoi veut-il précisément que j'aille sur l'*Anthéor ?* Que va-t-il se passer sur ce bateau ? J'espère que le coup qu'il a reçu sur la tête ne lui fera pas perdre la mémoire. Enfin, demain il me donnera des explications. »

Mais les choses vont se passer d'une manière totalement imprévue.

Chapitre 2

L'enveloppe jaune

Dans le milieu de la matinée, Fantômette décroche son téléphone, forme le numéro de l'hôpital Calomel et demande le service des accidentés.

— Allô ? Pourriez-vous me dire si l'ingénieur Coquetier a repris connaissance ? Quand on vous l'a amené, il était évanoui.

Une minute plus tard, l'infirmière de garde renseigne Fantômette. Coquetier a repris tous ses sens et il est en mesure de parler. Fantômette remercie et raccroche.

— Eh bien, allons lui rendre une petite visite. N'est-ce pas, Diablo ?

Pour toute réponse, Diablo se contente de lécher son pelage anthracite. Il n'a pas toujours envie de bavarder. Fantômette jette un coup d'œil par la fenêtre. La journée est grise, pluvieuse, ce qui la décide à cacher son costume de soie jaune sous une cape imperméable. En sortant de la maison, elle rabat le capuchon sur sa tête afin de protéger ses boucles noires. Elle parcourt une centaine de mètres pour se

rendre sur l'avenue du Port, où se trouve un arrêt d'autobus. Puis elle attend.

*
* *

— Tiens ! Françoise... Tu vas prendre le bus ?

— Oui, tu vois. Et vous deux, que venez-vous faire par ici ?

Ficelle explique qu'elle va en ville pour acheter une boussole, instrument indispensable lorsqu'on navigue. Boulotte l'accompagne. Elle s'est aperçue que ses provisions de voyage ne sont pas complètes. Il lui manque des citrons, fruits contenant de la vitamine C, indispensable pour se protéger contre le scorbut. Ficelle reprend :

— Alors, tu ne nous as pas dit pourquoi tu vas aussi en ville. Tu as des choses à acheter ? Des minicassettes ? Des chaussures vertes ? Des gants rouges ?

— Rien de tout ça. Je vais rendre visite à l'ingénieur Coquetier. Il a eu un accident.

— Oh ! le pauvre ! Que lui est-il arrivé ?

— Un choc.

Ficelle hoche la tête.

— Ah ! je comprends. Sa voiture a heurté un platane. Toujours les excès de vitesse...

— Ce n'est pas un platane qui a provoqué l'accident. C'est un géranium.

L'autobus arrive. Elles s'y installent. Après vingt minutes de circulation difficile dans les embouteillages, le bus s'arrête devant un grand bâtiment blanc. Les trois filles descendent, puis entrent dans un vaste hall sillonné par des médecins, des infirmières ou des visiteurs. Au bureau des renseignements, Françoise demande le service des accidentés. Une employée coiffée d'un voile blanc répond :

— Au deuxième étage. Demandez à l'infirmière de garde.

Négligeant l'ascenseur devant lequel il y a la queue, elles montent l'escalier à toute allure, parviennent au second étage. Sur le palier, un médecin discute vivement avec une grande infirmière brune, d'allure massive, au visage revêche, qui se tient debout derrière une table laquée de blanc. Il s'exclame :

— Comment se fait-il que l'on ne m'ait pas annoncé votre arrivée ?

— Les papiers n'ont pas dû être transmis, docteur...

— Ah ! l'administration ! Toujours la paperasse ! C'est incroyable, tout de même ! Quand je demande des infirmières, on ne m'en envoie pas et quand j'en ai le nombre qu'il faut, on m'en expédie une de plus sans même me prévenir !

Il s'éloigne en levant les bras au ciel. L'infirmière se tourne alors vers les visiteuses pour leur demander ce qu'elles désirent. Françoise répond :

— Nous venons voir l'un de vos accidentés, M. Coquetier.

— Ah ! l'ingénieur ? Oui, il est au numéro 7. Je vais vous conduire.

Elle a parlé d'une voix au timbre grave, en roulant légèrement les r.

« Une Espagnole ou une Italienne », pense Françoise.

L'infirmière arpente un couloir en faisant sonner sur le carrelage ses grandes semelles. Avant d'ouvrir, elle recommande :

— Il ne faudra pas rester longtemps, mesdemoiselles. Le blessé est très faible et il serait dangereux de le fatiguer.

Elle pousse la porte, laisse passer les jeunes personnes, entre à son tour et referme derrière elle.

La chambre est petite, mais très claire. Plafond blanc, murs jaune paille. Meubles métalliques, table de chevet couverte de médicaments. Allongé sur le lit, l'ingénieur Coquetier reste immobile. Il est copieusement enveloppé de bandages. Seuls ses yeux bougent derrière ses lunettes, noirs et vifs malgré la fatigue qu'on peut y lire.

Ficelle est sur le point de dire que ces bandages lui rappellent la fois où elle s'était entaillé le pouce avec une paire de ciseaux, ce qui lui avait valu le privilège d'exhiber en classe un doigt entouré d'un pansement démesuré, qui ressemblait un peu à la tête enturbannée d'un maharajah. Mais Françoise coupe son élan. Elle s'approche de l'ingénieur et demande :

— Vous sentez-vous mieux, maintenant ?

Coquetier remue les lèvres, mais aucun son n'en sort. Françoise penche son oreille vers lui pour recueillir le faible murmure qui s'échappe de sa bouche. Elle l'entend chuchoter :

— Éloignez l'infirmière... dites-lui de sortir.

Françoise se redresse, se retourne en faisant un large sourire et demande :

— Pourriez-vous nous laisser quelques instants, mademoiselle ?

L'infirmière a l'air contrariée. Elle répond sèchement :

— Soit, mais une minute seulement. Le médecin a interdit les visites, et je suis bien bonne de tolérer celle-ci.

Dès qu'elle est sortie, Coquetier agrippe Françoise par un bras et lui dit précipitamment :

— Je vais vous dire maintenant ce que je n'ai pas eu le temps de vous expliquer ce matin... Voilà... Vous savez que je suis géologue, n'est-ce pas ?

Les trois filles approuvent d'un même signe de tête. Boulotte a sorti d'un petit sac une barre de nougat dont elle commence à retirer l'emballage de papier argenté. Ficelle ouvre à demi la bouche, ce qui lui donne l'air subtil d'une carpe. L'ingénieur poursuit :

— Il y a quelques mois, une société commerciale, la compagnie Eurafrica, m'a demandé de faire certaines recherches dans une petite île de la Méditerranée. Des travaux de géologie. Il s'agissait de préparer l'installation d'une réserve d'eau pour fertiliser des terrains. J'ai accepté et j'ai fait le travail demandé. Or, depuis quelque temps, j'ai compris que la société en question ne s'intéresse absolument pas à l'irrigation. Avez-vous entendu parler du *Traviata* ?

— Le pétrolier qui a fait naufrage le mois dernier ?

— Oui. Savez-vous ce qui lui est arrivé exactement ?

Ficelle intervient :

— Moi, je sais, monsieur. Il a heurté un récif et il a coulé.

L'ingénieur émet un ricanement.

— Oui, c'est ce que les journalistes ont raconté. Mais c'est absolument faux, je le sais. Écoutez, mesdemoiselles, je n'ai pas le temps de vous donner tous les détails, mais c'est écrit sur des feuilles que j'ai mises dans une grande enveloppe jaune... L'enveloppe est dans une valise que j'ai fait prendre chez moi par un infirmier, il y a une heure.

— Où est-elle ? demande Françoise.

— Là-haut, sur cette armoire.

Françoise va grimper sur une chaise pour atteindre la valise, quand la porte s'ouvre brusquement ; et l'infirmière réapparaît en annonçant d'un ton sec :

— La visite est terminée, mesdemoiselles. Il ne faut pas fatiguer plus longtemps le malade.

Françoise hésite, consulte Coquetier du regard. Il murmure :

— Revenez demain.

D'un clin d'œil, elle fait signe qu'elle a compris, dit au revoir à voix haute et sort de la chambre derrière Boulotte et Ficelle. Toutes trois sont raccompagnées par l'infirmière jusqu'au palier. Dans l'escalier, Ficelle se tourne vers la brunette :

— Dis-moi, crois-tu que M. Coquetier ait découvert un mystère ? Qu'est-ce qu'il peut bien y avoir dans cette enveloppe jaune ?

Françoise fait un geste exprimant son ignorance. Elle aussi se demande si une catastrophe ne menace pas l'*Anthéor*, ce paquebot sur lequel elles vont bientôt s'embarquer. Va-t-il faire naufrage comme le pétrolier *Traviata* ? Elle pense :

« Allons, un peu de patience et nous aurons toutes les explications que nous pouvons souhaiter. Et par-dessus le marché, une croisière à travers la Méditerranée. J'espère qu'elle sera dangereuse, nom d'un hublot ! Comme disait mon arrière-grand-père qui était flibustier dans la mer des Caraïbes... Enfin, c'est du moins ce qu'affirmait ma grand-mère. Quand j'aurai un peu de temps libre, je fouillerai dans les archives de la famille pour voir si c'est vrai ! »

Chapitre 3

Danger !

De temps en temps, Fantômette s'offre le luxe de prendre son petit déjeuner au lit. Le cas est d'ailleurs assez rare, ses multiples activités ne lui laissant guère le loisir de paresser entre les draps.

Mais même quand elle reste au lit, son cerveau n'en continue pas moins de fonctionner. Elle tient d'une main une tartine de pain beurré qu'elle trempe dans un bol de café au lait, de l'autre un journal extrait de sa collection personnelle. Car son métier d'aventurière l'oblige à se tenir au courant de tout et à suivre l'actualité de très près. D'où cette collection soigneusement tenue à jour, que complète une série de fiches dont chacune est consacrée à une affaire particulière.

Avant de se lancer à la recherche d'un bandit, par exemple, ou d'entreprendre une enquête sur un cambriolage, l'astucieuse justicière étudie à fond sa documentation, de même qu'en bonne écolière elle potasse ses cours avant une composition. Elle évalue les risques, soupèse les chances de succès et ne se lance dans l'aventure que lorsqu'elle a la certitude de triompher.

Tout en trempant sa tartine, elle étudie un numéro de *France-Flash* daté du 15 avril, qui relate le naufrage du *Traviata*. Le pétrolier avait embarqué son chargement dans le golfe Persique, passé le détroit de Messine. On l'attendait à Marseille-Lavéra où il devait accoster le 10 avril. Or le 12, il n'était toujours pas en vue. Des navires s'étaient déroutés pour se lancer à sa recherche, des avions avaient patrouillé au-dessus de la mer pendant des heures, mais en vain. Le *Traviata* demeurait introuvable. La chose était d'autant plus étrange, qu'aucun appel de détresse n'avait été perçu. Le pétrolier avait-il sombré si vite, qu'il n'ait eu le temps de lancer un S.O.S. par radio ?

Trois jours plus tard, un escorteur de la marine italienne recueillait deux chaloupes contenant l'équipage heureusement au complet. Selon la déclaration des marins, leur navire avait heurté un récif et coulé en quelques minutes. Cependant un point dans leur récit semblait obscur : ils ne semblaient pas connaître le lieu exact du naufrage. Personne ne fut capable d'indiquer avec précision la position de l'écueil. Certains le situaient vers la Sardaigne, d'autres du côté de la Sicile. Le capitaine était encore d'un avis différent ; pour lui, le récif faisait partie d'un archipel au large de Naples. Des recherches menées par les forces aéronavales italiennes dans ces régions ne donnèrent aucun résultat.

Le plus curieux était l'absence de toute tache de pétrole sur la mer, alors que logiquement le liquide

huileux échappé des soutes crevées aurait dû provoquer une marée noire.

Fantômette remet le journal sur sa pile puis ouvre un dépliant publicitaire édité par les Croisières Méditerranéennes. L'*Anthéor* y est décrit comme un paquebot ultra-moderne avec piscine, cinéma, salles de jeu, gymnase, solarium, air conditionné et télévision en couleurs dans chaque cabine. Elle songe :

« Eh bien, on doit être joliment confortable, dans ce bateau. Une belle croisière assaisonnée d'une petite enquête... je vais me régaler ! »

Elle sort du lit, entre dans son cabinet de toilette et fait fonctionner sa brosse à dents électrique en se demandant quelles sortes de révélations sont contenues dans l'enveloppe jaune. Elle le saura bientôt...

Une demi-heure plus tard, l'autobus la dépose devant l'hôpital Calomel. Elle monte directement au second étage. La grande infirmière de garde n'est pas là. À sa place se trouve une petite blonde aux yeux bleus. Fantômette lui demande si elle peut parler à l'ingénieur Coquetier. L'infirmière secoue la tête.

— Je crains bien que ce ne soit impossible.

— Impossible ? Pourquoi ?

— C'est-à-dire que vous pourriez lui parler, mais il ne vous répondrait pas. Nous lui avons administré un somnifère pour qu'il puisse dormir profondément et se reposer.

— Ah ! je comprends. Mais puis-je tout de même aller dans sa chambre ? Il devait me remettre une enveloppe contenue dans sa valise...

L'infirmière réfléchit un moment, hésite.

— Ceci ne me paraît pas très régulier. Enfin, soit ! Je vous accompagne.

Elle se rend jusqu'à la chambre n° 7, ouvre et laisse passer la visiteuse. L'ingénieur est allongé sur son lit comme la veille, mais ses yeux sont clos. Fantômette grimpe alors sur une chaise, descend la valise qu'elle pose sur une chaise, soulève le couvercle. Sous des chemises, elle trouve facilement une grande enveloppe jaune, épaisse.

— Voici ce qu'il voulait me donner hier. Vous permettez que j'ouvre ?

— Sans doute, puisque cela vous est destiné.

La jeune aventurière déchire l'enveloppe, en sort le contenu et étouffe une exclamation de surprise. Au lieu des feuilles de papier qu'elle s'attendait à trouver, il n'y a là qu'un vieux journal plié en huit. L'infirmière lève un sourcil.

— Quelque chose ne va pas ?

— Non, non, tout va bien.

— Alors, sortons.

Tandis qu'elles quittent la chambre, Fantômette réfléchit. Quelqu'un a pris les papiers de l'ingénieur, ces précieuses notes qui devaient éclaircir le mystère du naufrage. Mais qui ? Tout de suite, elle pense à l'infirmière brune et demande :

— Dites-moi, il y avait ici une infirmière de garde, hier... Une grande femme aux cheveux noirs...

— Oui, une stagiaire italienne.

— Pourrais-je la voir ?

— Je crois qu'elle est partie hier soir. On nous l'avait envoyée par erreur.

— Vous ne savez pas où elle se trouve, maintenant ?

— Ah ! non... Demandez au bureau. Ils le savent peut-être. C'est au rez-de-chaussée.

— Merci, madame.

Au bureau, personne ne peut la renseigner. L'infirmière n'est restée que quelques heures. On ignorait d'où elle venait, on ne sait pas ce qu'elle est devenue. Fantômette n'insiste pas.

« Une fausse infirmière, évidemment. Il est certain que j'ai affaire à des gens avec lesquels il faut compter. Mais qui sont-ils ? Quel est l'enjeu de la partie ? Pour l'instant, je nage... en attendant de naviguer. Espérons que les choses s'arrangeront quand je serai à bord de l'*Anthéor*. »

Elle sort de l'hôpital, avise une librairie, entre et achète une carte très détaillée de la Méditerranée. De nouveau dans l'autobus, elle étudie l'itinéraire que va suivre le paquebot. Marseille... la Sicile... la Grèce... la Tunisie. Quelques semaines entre le ciel bleu et la mer verte. Toute songeuse, elle descend à l'arrêt qui se trouve à l'angle de l'avenue du Port et de la rue du Salut. Elle parcourt une centaine de mètres, tourne à gauche dans l'avenue des Roses, s'arrête devant le n° 13. C'est là que se trouve le coquet pavillon dans lequel habite Fantômette.

Comme elle ouvre la porte, une vieille servante trottine au-devant d'elle et lui présente un paquet en disant :

— On a porté cela pour toi, il n'y a pas deux minutes...

— Qui ? Le facteur ?

— Non, un commissionnaire.

Fantômette prend le paquet et l'examine, tout en se dirigeant vers sa chambre. Il a à peu près le volume d'un carton à chaussures, et est enveloppé de papier brun maintenu par une ficelle ordinaire. Il porte une inscription tracée avec un marqueur :

Mademoiselle F.
13, rue des Roses

Il n'y a pas d'autre indication. Aucun cachet, aucune mention de l'expéditeur. Fantômette se penche sur la rampe de l'escalier qu'elle vient de monter et demande :

— Le commissionnaire n'a rien dit ?

— Non. Il a sonné, m'a tendu le colis et il est reparti tout de suite.

— Bien, merci.

Elle entre dans sa chambre et enlève son imperméable sans quitter l'objet du regard. Enroulé sur une chaise, Diablo entrouvre un œil, bâille et se rendort.

— Qui peut bien m'envoyer ça ? Un copain ? Une amie ? Je me demande ce que c'est...

Elle prend sur son bureau un fin poignard de Tolède, coupe la ficelle, déplie le papier et se trouve en présence d'une petite caisse en bois blanc, dont le couvercle est maintenu par un crochet de laiton.

Elle avance la main vers le crochet...

C'est à cette seconde qu'une sonnerie d'alarme

retentit dans son cerveau. Un sixième sens lui lance un avertissement : Danger !

Elle interrompt son geste.

— Cette boîte dont j'ignore la provenance, *que contient-elle ?*

Avec précaution, elle reprend la caissette, l'emporte au fond du jardin qui se trouve derrière le pavillon, la dépose délicatement à terre. Elle saisit ensuite dans la cave une vieille canne à pêche, revient dans le jardin se poster derrière un cerisier et tend la longue canne vers la boîte. Adroitement, avec le bout de cette canne, elle soulève le crochet. Clac !

Le couvercle se rabat brusquement en arrière. Un morceau de corde noirâtre jaillit hors de la boîte et retombe sur le sol. Fantômette a un mouvement de surprise. Elle a attendu l'explosion d'une bombe et non l'apparition de cette corde. Elle s'approche, intriguée, se penche pour regarder de plus près cette chose allongée, sinueuse. Elle bondit en arrière.

— Oh ! ce n'est pas une corde ! C'est un serpent !

Une vipère, reconnaissable à sa tête triangulaire, qui se tord, qui enroule et déroule ses anneaux, tirant par petits coups une langue fourchue...

— Ah ! en voilà, un joli cadeau ! j'avais raison de me méfier.

Pendant un moment, elle observe les mouvements du reptile, puis une question lui vient tout naturellement à l'esprit :

— Et maintenant, que vais-je faire de cette bestiole ?

Le mieux est de la remettre dans sa boîte, en attendant d'avoir trouvé une solution. Fantômette échange sa canne contre un râteau dont les dents lui permettent de soulever le reptile et de le laisser retomber dans la caissette. Vivement, elle rabat le couvercle et referme le crochet. Puis, comme elle a trouvé une idée, elle rentre dans le pavillon, décroche le téléphone et appelle l'institut Pasteur. Dans la soirée, un vétérinaire vient emporter la vipère, dont le venin va servir à préparer du sérum contre les morsures de ses congénères demeurées en liberté.

Avant d'aller se coucher, Fantômette prend la précaution d'inspecter les alentours du pavillon et de vérifier soigneusement la fermeture de toutes les issues. Elle regarde même sous son lit, pour le cas où quelque malandrin aurait eu l'idée de se cacher là. Mais il n'y a personne.

La nuit se passe d'ailleurs sans incident. Seulement, au matin, la jeune aventurière découvre sur le bois de la porte d'entrée le dessin d'une main, tracé au moyen d'une craie jaune.

Chapitre 4

Ulysse Patatrasse

Le steward désigne un bouton gradué au-dessus de la couchette.

— Vous avez ici le réglage de l'air conditionné. Chaud, froid, sec ou humide. Les trois robinets du lavabo vous donnent de l'eau chaude, froide et glacée. La télévision en couleurs fonctionne à partir de 10 h du matin jusqu'à minuit. Si vous avez besoin de quoi que ce soit, il y a le téléphone. Je vous laisse un numéro d'*Anthéor-Magazine*. C'est une revue qui est imprimée à bord tous les jours. Vous y trouverez la liste des passagers, le menu et le programme des distractions.

Une fois le steward sorti, Fantômette s'occupe de défaire sa valise et de ranger ses affaires dans une armoire. Elle sort le costume qu'elle met lors de ses expéditions nocturnes, le contemple pendant un moment. Aura-t-elle l'occasion de le revêtir au cours de cette croisière ? Par amusement, elle enfile le justaucorps de soie jaune, agrafe sur ses épaules la cape noire et rouge, se coiffe du bonnet à pompon et cache ses yeux sous le loup. Puis elle s'examine avec complaisance dans un miroir.

— Vraiment, je ne suis pas mal... je me demande même pourquoi les bandits ont si peur de moi... je n'ai pourtant rien d'effrayant...

À cet instant, deux coups sont frappés à la porte.

— Qui est-ce ?

— Ficelle ! L'indomptable et prestigieuse Ficelle ! Tu m'ouvres ?

En moins de trois secondes, Fantômette retire son costume et le fourre dans l'armoire. Puis elle ouvre la porte et se trouve en présence de la grande Ficelle qui semble accablée.

— Que t'arrive-t-il, ma grande ? Tu ressembles à une girafe qui aurait avalé un réverbère.

— Ah ! ma pauvre Françoise, c'est bien pire ! Figure-toi que je ne sais plus où sont mes lunettes de soleil. Tu sais, celles qui font voir la vie en vert. J'ai beau les chercher dans mes bagages, je n'arrive pas à mettre la main dessus. Tu viens m'aider à faire des fouilles ?

Les deux amies se rendent dans la cabine voisine. À la vue du spectacle surprenant qui s'offre à sa vue, Françoise laisse filer entre ses lèvres un léger sifflement.

— Eh bien, ma grande, ça ressemble à une province gauloise après le passage d'Attila !

Un nombre considérable de chaussettes écossaises sont répandues sur le sol, mêlées à des objets de toilette, brosses, savonnettes, tubes de laque, miroirs et flacons divers ; on aperçoit sur la couchette un harmo-

nica, un réchaud de camping, une palme de natation, un rouleau de corde, une bouteille thermos, une boussole et plusieurs paires de sandales. Trois ou quatre foulards ont échoué dans le lavabo, des pelotes de laine multicolores se promènent sur une table, et une boîte à pharmacie marquée « Premiers secours » semble avoir explosé en répandant dans tous les coins une quantité de pilules, cachets et tablettes suffisante pour alimenter un hôpital pendant quelques mois.

D'une valise entrouverte s'échappent un transistor, une cafetière, un réveille-matin, une statuette représentant la Liberté éclairant le monde, un petit pot de peinture rouge et une boîte de mouchoirs en papier. Il faut arrêter ici cette énumération, qui remplirait cinq ou six pages. Françoise entortille une de ses boucles noires sur son index en murmurant :

— Je n'aurais jamais cru que tes valises pouvaient contenir tout cet attirail. Tu devrais monter un bazar ! En revendant tout ça, on pourrait acheter l'*Anthéor*, son équipage et sa cargaison.

— Oh ! je t'en prie ! Pas la peine de te moquer de moi. Je n'emporte que le strict nécessaire.

— Ah ! Parce que tu as besoin d'avoir avec toi cette statue, par exemple ?

— Évidemment. Elle était dans ma chambre. Je ne m'en sépare jamais. Mais je ne t'ai pas fait venir pour me critiquer bêtement. Aide-moi plutôt à retrouver mes lunettes.

— Tu veux parler de celles qui sont là, sur la table ?

— Oh ! oui, les voilà !

— Elles étaient sous ton nez !

— Maintenant, elles sont dessus ! Et d'ailleurs tu apprendras que...

Il est impossible de savoir ce que Françoise doit apprendre, car la sirène du bateau se met à hurler, pour faire savoir aux passagers que le départ est imminent. Ficelle empoigne Françoise par une manche et l'entraîne.

— Viens vite ! Il ne faut pas rater notre départ ! Allons chercher Boulotte...

Elles se précipitent dans la cabine d'à côté où elles trouvent Boulotte à quatre pattes, en train de lire l'étiquette d'une boîte de petits pois.

Ficelle crie :

— Hé ! Que fais-tu ?

— Je vérifie si c'est bien des petits pois extra-fins que j'ai emportés...

— Tu vérifieras un autre jour. Viens vite sur le pont, nous allons assister à notre émouvant départ !

Les trois filles longent une coursive, montent à toute allure un escalier qui les conduit à l'air libre. Elles se collent au bastingage et observent la foule qui se masse sur les quais. Il y a là les parents, les amis des passagers qui vont partir en croisière. Des pêcheurs aussi, et les marins d'un navire de guerre en escale à Toulon. Quelques dockers déambulent, mains dans les poches, attendant l'heure de décharger un cargo. Des chariots circulent entre des montagnes de caisses, portant des sacs ou des tonneaux. Une énorme grue noire élève dans les airs une automobile, en faisant grincer ses rouages.

Les derniers passagers montent à bord. Un Américain, grand et blond, mastiquant du chewing-gum ; un Allemand coiffé d'un chapeau vert à plume ; une grosse dame dans une robe framboise ; un peintre au collier de barbe poivre et sel portant sur son dos un immense chevalet de bois...

Soudain, quatre policiers motocyclistes débouchent sur le quai en pétaradant. Ils précèdent une camionnette bleu foncé qui vient stationner au pied de la passerelle. Ils descendent de leurs motos et se postent à l'arrière de la camionnette en posant la main sur les étuis de leurs revolvers. La porte est ouverte, et deux employés à casquette procèdent au déchargement du véhicule. Il contient une douzaine de caisses en fer qui sont aussitôt embarquées sur l'*Anthéor*. Leur contenu doit être assez lourd, à en juger par l'effort que les porteurs semblent fournir. Ficelle se tourne vers Françoise :

— À ton avis, que contiennent-elles ? Quelque chose de précieux ? Des rubis ? Des diamants ?

— Probablement de l'or. C'est un métal très lourd.

— Oui, ce doit être un chargement d'or, sinon on n'aurait pas pris la précaution de le faire escorter par des policiers.

Boulotte intervient.

— Si c'est un chargement de grande valeur, ça pourrait aussi bien être des boîtes de caviar ou de foie gras truffé. Vous ne croyez pas ?

Ficelle s'apprête à traiter Boulotte de grosse goinfre, lorsqu'un cri retentit. On voit alors apparaître un homme qui court vers la passerelle que les marins s'apprêtent à remonter.

— Arrêtez ! Arrêtez ! Ne partez pas sans moi !

C'est un petit homme replet, au crâne lisse encerclé d'une couronne de cheveux blancs, vêtu d'un complet de toile blanche. Il porte un sac à dos surmonté d'une couverture roulée, auquel est accrochée une casserole. En bandoulière une caméra dans son étui de cuir. À la main gauche, un appareil photo ; à la droite, un piolet d'alpiniste. Aux pieds, de grosses chaussures cloutées.

Le singulier personnage pose le pied sur la passerelle volante, fait trois pas, puis se trouve soudainement arrêté. Il tourne la tête pour chercher la cause de ce brusque freinage, mais son gros sac lui bouche la vue et ne lui permet pas de se rendre compte qu'il a accroché dans les mailles de la passerelle l'extrémité d'un télescope qui dépasse de son sac. Sur le pont, l'officier qui surveille l'embarquement des passagers frappe dans ses mains.

— Allons ! pressons, s'il vous plaît !

Mais le retardataire est toujours empêtré à mi-chemin entre le quai et le paquebot. Les passagers qui assistent à cette scène comique commencent à rire. Ficelle glousse :

— Hi, hi ! On croirait voir un vieux film muet.

Mais Françoise réagit autrement. Bousculant les badauds, elle s'élance sur la passerelle et aide le vieux monsieur à se dégager. Dès que tous deux ont gagné le pont, la passerelle est relevée et les amarres larguées. Le bateau commence à s'éloigner du quai,

poussé de côté par ses hélices latérales qui lui évitent de faire appel à un remorqueur. Les passagers massés sur le pont agitent les mains à l'adresse de ceux qui restent à terre, et ceux-là font aussi de grands saluts aux voyageurs, grâce à ces mouchoirs qui sont si utiles en de pareilles circonstances.

Le petit monsieur sort de sa poche un de ces mouchoirs, non pour l'agiter mais pour s'essuyer le front.

— Ah ! mademoiselle, je vous remercie ! Quelle aventure ! Pour un peu je ratais le bateau, et c'eût été une vraie catastrophe !

Ficelle s'est approchée, curieuse.

— Pourquoi, monsieur, une catastrophe ?

— Parce que j'aurais raté l'éruption. Je suis vulcanologue, voyez-vous, et je vais en Sicile pour étudier le cratère de l'Etna qui donne des signes d'agitation en ce moment. Je suis persuadé que le volcan va exploser dans quelques jours. Le phénomène sera très intéressant à observer.

— Mais ce doit être horriblement dangereux ! Vous ne risquez pas de recevoir sur la tête un gros bout de rocher ?

— Sans doute, sans doute. Mais quelle belle mort pour un vulcanologue !

Il dépose son piolet sur le pont, tâte ses poches.

— Voyons... où ai-je mis mon billet... le numéro de ma cabine est inscrit dessus... Je me souviens qu'avant de partir, je l'ai placé à un endroit bien précis pour être sûr de ne pas l'égarer.... Mais où ?

Françoise pointe son index vers un coin de carton vert qui sort du sac de la caméra.

— Je crois qu'il est là...

— Ah ! vous avez raison, c'est bien lui... Voyons un peu... n° 57... Où est-elle, la cabine 57 ?

— Près de la mienne. J'ai la 55. Nous allons vous y conduire, si vous voulez ?

— Oui, je veux bien. Ce navire m'a l'air si grand, qu'on doit s'y perdre très facilement.

Pendant cette conversation, l'*Anthéor* s'est éloigné du quai suffisamment pour pouvoir manœuvrer. Il vire de bord et met le cap sur la sortie de la rade. Les passagers cessent d'agiter mains et mouchoirs et commencent à se promener sur le pont en examinant les détails du bateau, les superstructures ou la piscine de la plage arrière. Déjà un nageur pique une tête dans le bassin, bientôt rejoint par d'autres amateurs de natation. La grosse dame en robe framboise arrête un officier pour lui demander à quelle heure est le déjeuner. Accoudé à son chevalet, le peintre allume la première pipe du voyage. Un touriste coiffé d'un chapeau de cowboy mitraille avec son appareil photo le port qui s'éloigne lentement. À côté de lui, un homme brun au teint mat observe Françoise qui quitte le pont, suivie par le vulcanologue et les deux autres filles. Une fois que le petit groupe a disparu, l'homme s'installe dans une chaise longue et allume rêveusement un mince cigare.

Françoise guide le savant le long d'une coursive du pont supérieur, puis indique un escalier de fer qui s'enfonce presque à la verticale.

— Il faut passer par là. Donnez-moi votre piolet, vous serez plus à l'aise pour descendre.

— Je veux bien...

Il tend le piolet à Françoise qui a vite fait d'être au bas de l'escalier. Mais il n'en est pas de même pour lui. À peine a-t-il posé le pied sur la première marche, que les clous de ses chaussures glissent sur le fer. Il tente de se rattraper à la rampe, n'y parvient point, et dégringole l'escalier plus vite que prévu. Son atterrissage dans l'entrepont, les quatre fers en l'air, est une belle démonstration d'acrobatie qui ferait merveille dans un cirque, d'autant plus que le sac à dos en profite pour s'ouvrir et laisser échapper généreusement son contenu. Le vulcanologue bredouille :

— Je crois... heu... que j'ai raté une marche...

— Oui, il me semble.

Les trois filles se réunissent pour aider le savant à regagner la position verticale, et Ficelle s'écrie :

— Votre chute rapide était due à l'action de la pesanteur.

Le savant approuve en hochant la tête.

— Bravo, mademoiselle, je vois qu'on vous a appris des choses intéressantes à l'école.

— Oh ! je n'ai pas appris ça à l'école. J'ai lu un bouquin d'astronautique très compliqué.

— Ah ! Vous vous intéressez à l'astronautique ?

— Bien sûr. J'irai un jour dans la lune. Mais notre institutrice, Mlle Bigoudi, m'a dit que j'y étais déjà souvent.

Le bavardage niais de la grande fille est interrompu par Françoise qui grogne :

— Au lieu de raconter des âneries, tu ferais mieux de m'aider à ramasser tout ça.

Tout ça, c'est le contenu du sac qui ressemble fort à celui des valises de Ficelle. Des cartouches de pellicule, des cartes géographiques, du matériel de camping, une paire de jumelles, un presse-citron, des piles électriques, un ouvre-boîtes, des tubes de vitamine C, une tondeuse de coiffeur, du cirage, etc.

Ce petit matériel réintègre le sac, et le savant remercie ses nouvelles amies.

— Vous êtes bien aimables, mesdemoiselles... Mais j'ai oublié de me présenter... Ulysse Patatrasse, vulcanologue, archéologue, ethnologue. Je m'intéresse aux vieilles pierres et aux peuplades sauvages. Ou que l'on appelle sauvages... Bien à tort parfois. Il me souvient qu'un jour, alors que je voyageais en Afrique, j'ai rencontré une tribu dont...

Les voyageurs parviennent devant la cabine n° 57.

— Ah ! me voici arrivé ! Grâce à vous, mesdemoiselles. Je vous remercie mille fois. Nous nous retrouverons peut-être pour le déjeuner.

— Sûrement ! dit Boulotte. Le déjeuner, c'est une chose que je ne raterai pas. J'ai déjà regardé le menu. Il y a du homard mayonnaise !

M. Ulysse Patatrasse disparaît dans sa cabine. Deux secondes plus tard, on entend un hurlement de douleur. Les trois filles ouvrent précipitamment la porte de la cabine, regardent...

L'intrépide vulcanologue-archéologue-ethnologue sautille sur place en se suçant le pouce qu'il vient de pincer dans la porte de son armoire.

Chapitre 5

Premier avertissement

L'homme au teint bronzé enlève le papier enveloppant un morceau de sucre cubique qu'il fait tomber dans sa tasse de café. Il tourne longuement la cuiller, boit à petits coups. Puis il tire de sa poche un étui à cigares, en prend un, le flaire avant de l'allumer. De temps en temps, il jette un coup d'œil vers une table voisine située près d'une fenêtre s'ouvrant sur la mer.

Assis à cette table, Françoise, Ficelle, Boulotte et Ulysse Patatrasse finissent de déjeuner. À une autre table, le touriste au chapeau de cowboy dévore un steak au poivre. Il a retiré son immense chapeau, mais conservé une chemise hawaiienne représentant un coucher de soleil derrière une ligne de cocotiers. Entre deux bouchées, il bavarde avec la grosse dame dont la robe framboise a cédé la place à un modèle vert poireau. Dans un coin de la salle, le peintre sirote un verre d'asti en regardant le plafond d'un air rêveur.

M. Patatrasse s'est débarrassé de son encombrant sac à dos et de sa caméra. En revanche, Ficelle a posé sur la table son appareil photo. Le savant lui demande :

— Avez-vous l'intention de photographier également cette éruption volcanique ?

— Oh ! non, monsieur. Je garde cet appareil avec moi pour le cas où nous ferions naufrage.

— Ah ! Et qu'est-ce qui vous fait croire que nous pourrions faire naufrage ?

— Oh ! il y a une raison très grosse et énorme !

— Laquelle ?

— Nous sommes sur un bateau.

Le géologue sourit.

— Évidemment, je dois reconnaître que si nous nous trouvions dans un autobus, les risques de naufrage seraient extrêmement réduits.

Ficelle essuie avec un morceau de pain le paquet de mousse au chocolat qu'elle vient de faire tomber sur sa jupe et explique :

— Je veux dire, monsieur, qu'aucun navire n'est à l'abri d'une catastrophe. Et surtout l'*Anthéor*.

Elle se penche vers le savant, renverse le flacon de sucre en poudre et murmure :

— Il va se produire une chose épouvantable sur ce bateau.

— Vraiment ?

— Oui. Je le sais par mes renseignements secrets. Mais j'ai pris mes précautions. Avec mon canot gonflable, je peux flotter pendant un mois entier. Ou même deux ou trois jours. Ma toile de tente servira de voile et j'ai une boussole brevetée pour me repérer. En plus, une lampe également brevetée qui peut

servir de tournevis ou de lunette. Et j'ai aussi une ligne pour pêcher des poissons vivants, avec un hameçon. Je ne sais pas si l'hameçon est breveté, mais il doit l'être, parce qu'on me l'a vendu très cher. Ah ! je voudrais bien que nous le fassions, ce naufrage, pour pouvoir utiliser mon matériel...

Le savant écoute ce verbiage avec amusement. Boulotte n'écoute pas : elle a le nez plongé dans la crème au chocolat. Françoise ne paraît pas non plus s'occuper des rêveries maritimes de son amie. Elle observe l'homme au teint de bronze en pensant :

« Il me semble avoir déjà vu ce visage quelque part... Mais où ? Et quand ? »

Elle détaille la forme du nez, des yeux, de la bouche. Et plus elle regarde, plus elle se persuade d'avoir rencontré l'inconnu auparavant.

« Est-ce en montagne, au chalet de la Dent du Diable ? Non, je ne crois pas... Peut-être dans l'île de la Sorcière ?... Non, ce n'est pas cela... J'ai vu cet homme plus récemment, j'en suis sûre. »

— Et si le naufrage a lieu de nuit, poursuit Ficelle, je suis parée. Savez-vous ce que j'ai emporté ? Des feux de Bengale rouges. Ils sont enfermés dans un étui étanche en papier journal, avec une boîte d'allumettes. Alors, si j'entends par exemple le ronflement d'un avion de secours, hop ! je craque une allumette...

L'incorrigible bavarde fait le geste. Malheureusement, une tasse de café se trouve sur la trajectoire de sa main et le liquide noir se répand sur la nappe. Ce qui n'émeut nullement la future naufragée :

— Ce n'est rien. J'ai toujours sur moi une petite bouteille d'un détachant breveté. Vous allez voir...

Elle tire d'une petite poche un flacon rempli d'un liquide incolore, en verse quelques gouttes sur la tache. Du noir, elle vire au violet, ce qui provoque l'hilarité de Françoise. Ficelle proteste.

— Ça marche ! Ça marche très bien ! La tache a changé de couleur ! Ceci prouve que mon détachant est actif !

Après le repas, le vulcanologue et les trois filles se promènent sur le pont, contemplant le sillage d'écume que le paquebot trace sur l'étendue verte, respirant cet air d'une pureté incomparable que l'on ne trouve qu'en mer. Accoudée à la rambarde, Françoise se demande si les craintes exprimées par l'ingénieur Coquetier sont justifiées. Quel danger menace le navire ? Va-t-il réellement couler, comme le pétrolier *Traviata* ? Tout paraît si calme, si paisible... Le commandant Pacotille apparaît sur le pont, dans son uniforme blanc. Grand gaillard souriant, il donne des coups de casquette aux passagers de marque, sans se douter que son paquebot court peut-être à la catastrophe.

Poursuivant leur visite du bateau, le vulcanologue et ses jeunes amies descendent dans les entrailles de l'*Anthéor*, découvrent la galerie marchande. C'est une véritable avenue bordée de petites boutiques où l'on trouve une librairie, un marchand de souvenirs, un salon de coiffure, une parfumerie, un bureau de poste, une banque et une blanchisserie-express. À côté d'un bar, un glacier attire l'attention de Boulotte qui se

précipite pour acheter un petit pot de crème à la vanille. Au bout de la galerie se trouve une vaste salle de jeux qui donne à Françoise l'occasion de battre Ficelle au ping-pong, pendant que Boulotte fait avec le savant une course d'autos miniatures.

Puis le petit groupe quitte la salle, traverse un salon où les passagers, assis à de petites tables carrées, se livrent aux subtilités du bridge. Il passe ensuite par le fumoir, la bibliothèque, la salle de gymnastique et remonte prendre l'air sur le pont. Françoise désigne la passerelle de commandement[1] et dit :

— J'ai envie de jeter un coup d'œil là-haut.

Les trois filles et le vulcanologue grimpent un escalier presque vertical, parviennent sur un pont élevé, étroit, qui mène au poste de pilotage. Mais l'accès est barré par un écriteau de fer accroché à une chaîne : Passage interdit.

— C'est bouché ! constate la grande Ficelle en faisant la grimace. Dommage ! J'aurais bien aimé voir la roue de gouvernail.

— Ce n'est pas impossible, dit une voix derrière elle.

Un officier est là, dans son uniforme bleu à galons dorés. Françoise demande :

— Vraiment, nous pourrions visiter ?

— Oui. Le passage est interdit aux personnes isolées, mais du moment que je vous accompagne...

— C'est bien aimable à vous, monsieur...

1. Qu'il ne faut pas confondre avec la passerelle d'embarquement, sur laquelle M. Patatrasse était resté coincé.

— Lieutenant Paimpol.

M. Patatrasse et les jeunes passagères suivent l'officier jusqu'au poste de pilotage aux parois peintes en gris clair, où un immense pare-brise panoramique permet de découvrir la plage avant et la proue du navire. Un marin se tient debout devant la roue de bois à poignées multiples actionnant le gouvernail. À côté de lui se trouve une sorte de borne surmontée d'un cadran rond : le transmetteur d'ordres, à la disposition de l'officier de quart présentement occupé à observer l'horizon au moyen d'énormes jumelles. Un bruit de voix nasillardes filtrant à travers une cloison attire l'attention de Ficelle.

— Vous entendez ? On dirait le bruit d'une radio.

— En effet, dit Paimpol, c'est un récepteur de radio, dans le poste de navigation. Je vais vous le faire voir.

Il pousse une porte, fait entrer les visiteurs dans une sorte de vaste cabine où une des cloisons est recouverte par un grand panneau de plastique translucide sur lequel apparaît une carte de la Méditerranée à grande échelle. Devant une autre cloison occupée par des postes de radio, deux hommes sont assis, casque d'écoute en tête. Plus loin, un troisième surveille l'écran bleuté d'un radar.

Le lieutenant s'approche de la carte, désigne un petit rond lumineux sur le fond uni de la mer.

— Ce point indique notre position. Nous marchons cap-Sud-Sud-Est et nous allons passer à l'ouest de la Corse.

Ficelle demande d'un ton enjoué :

— Aurons-nous une chance de heurter les récifs qui bordent la Corse ?

Le lieutenant Paimpol a un petit rire.

— Vous appelez cela une chance ? Il me semble que ce serait plutôt un risque.

— C'est que j'ai emporté dans mes bagages un matériel très perfectionné qui me permettrait de surnager en cas de naufrage.

— Oh ! attention ! vous allez payer une amende.

— Vous avez prononcé un mot que les marins n'aiment pas entendre, et quand l'un d'eux dit ce mot, il est mis à l'amende.

— Ah ! je ne savais pas. Il faut dire que je ne suis pas marin.

— Vous êtes donc excusable. Eh bien, je puis vous affirmer tout de suite que nous ne courons aucun risque. Nous avons les moyens de connaître parfaitement notre route à tout instant, de jour comme de nuit. Et si quelque obstacle imprévu surgissait, nous le verrions apparaître sur l'écran du radar. Je ne crois pas que vous aurez l'occasion d'employer votre attirail de sauvetage.

— Dommage ! Et s'il y avait une bonne petite tempête ?

— Désolé, mais le baromètre est au beau fixe.

Ficelle soupire.

— Alors, tant pis ! ce sera pour une autre fois...

Ils remercient le lieutenant et reviennent sur le pont-promenade. À l'extrémité de la plage arrière, l'artiste peintre a planté son chevalet. Il peint en fredonnant une chanson italienne. Son tableau représente un paysage marin : une île sur une mer violette, qui s'élève au centre d'un golfe bordé de falaises rougeâtres. Ficelle se penche vers Françoise et murmure :

— Il ne peint pas ce qu'il voit. Il n'y a aucune île devant nous.

— Je suppose qu'il n'a pas besoin de voir une île pour l'imaginer.

— Alors il pourrait aussi bien rester dans sa cabine ?

— Peut-être aime-t-il mieux travailler au grand air.

— Eh bien moi, ça ne me gêne pas de peinturlurer dans ma chambre. Tiens, par exemple mon dernier tableau, je l'ai peint entièrement à l'intérieur. Il pleuvait ce jour-là, et j'étais bien obligée de rester à la maison. Tu sais, c'est mon Chinois qui mange des citrons dans un champ de jonquilles. Un superbe tableau tout jaune.

Ils poursuivent leur promenade, arrivent aux abords de la piscine, contemplent les passagers qui font trempette et les passagères qui se dorent au soleil. L'homme au visage bronzé apparaît. Il a abandonné son complet clair pour un maillot de bain. Il plonge, nage sur quelques longueurs de bassin. Françoise cherche de nouveau où elle l'a vu précédemment. Dans le train ? Sur le quai avant l'embarquement ?

L'homme grimpe à la petite échelle qui permet de sortir de la piscine, puis il s'enveloppe dans un peignoir blanc.

Alors, Françoise comprend. C'est une illumination, une découverte instantanée... La vision de ce peignoir

qui ressemble à une blouse lui donne la clé de l'énigme.

— Mais oui ! j'aurais dû le reconnaître tout de suite ! Ou plutôt, *la* reconnaître. Il a enlevé sa perruque, mais il n'a pas pu modifier la forme de son visage, ni la couleur de ses yeux. L'infirmière de l'hôpital Calomel, la grande brune qui a subtilisé l'enveloppe de l'ingénieur Coquetier, c'est lui ! Maintenant j'en suis sûre... C'est peut-être aussi cet homme qui m'a envoyé la caisse contenant le serpent... Ainsi donc, c'est lui l'ennemi ? Ah ! mais... voilà qui change tout ! Je connais maintenant mon adversaire. Nous allons pouvoir lutter à armes égales, mon bonhomme...

— Qu'est-ce que tu murmures dans ta barbe ? demande Ficelle.

— Rien. Je rêve à haute voix.

— Tu as parlé de lutter.

— Oui. J'aimerais lutter contre toi. Faire une course à la nage sur trois longueurs de bassin.

— D'accord ! Je te bats de dix têtes au moins.

Boulotte s'est approchée. Elle approuve d'un vigoureux mouvement de tête.

— Je participe aussi. Il faudra que la gagnante reçoive trois glaces à la vanille.

— Je vous les offre ! propose M. Patatrasse.

Alors, c'est une ruée des trois filles en direction de leur cabine respective. Ficelle entre dans la sienne, trouve immédiatement (par suite d'un hasard inouï) son maillot de bain — jaune avec des rayures noires qui donnent à sa propriétaire l'allure d'un zèbre ;

Boulotte, avec quelques efforts, parvient à s'insérer dans une pelure verte qui la fait ressembler à une grenouille.

Quant à Françoise, elle a ouvert la porte de sa cabine et s'est immobilisée sur le seuil. La pièce semble avoir reçu la visite d'un ouragan. L'armoire a laissé s'échapper son contenu. La valise est ouverte, les tiroirs d'une commode, retournés. Jupes, chemisiers et mouchoirs ont voltigé un peu partout. On se croirait dans la chambre de Ficelle. Sur le lit est étalé le costume de soie jaune, voisinant avec la cape rouge et noire. Le masque est accroché, ironiquement, sur une lampe de chevet en forme de boule.

Enfin, fixée par un couteau sur la cloison, une feuille de papier porte ces mots :

Fantômette, reste tranquille. Sinon tu te retrouveras au fond de la mer.

Sous le texte, en guise de signature, est dessinée une main jaune.

Chapitre 6

L'étoile Polaire

L'*Anthéor* trace sa route dans la nuit sur une mer qui n'est plus qu'une énorme tache d'encre, sans autre bruit que le froissement des vagues sur la proue.

Tout le monde dort sur ce navire, ou presque. Fantômette s'est mise au lit, mais n'a pas pu fermer les yeux. Elle se relève, revêt son habit de soie, fixe sa cape au moyen d'une agrafe d'or en forme de F, se coiffe de son bonnet à pompon et met son masque. Elle s'accoude au rebord du hublot ouvert et respire l'air frais en contemplant le scintillement des étoiles.

Que va-t-il donc se passer ? Peut-on même croire qu'un drame va se produire ? Après tout, la croisière ne comporte pas seulement de la navigation. Il y a aussi les escales. L'événement prévu par l'ingénieur Coquetier peut survenir à terre, quelque part en Grèce ou en Tunisie.

— Non, je ne peux rien faire pour l'instant. Il faut attendre...

Les yeux levés vers le ciel, elle s'amuse à reconnaître les constellations. Le W d'Andromède, le polygone de la Girafe... la Petite Ourse... la Grande Ourse et l'étoile Polaire qui apparaît au-dessus de la proue. Fantômette fronce les sourcils. L'étoile Polaire ? Elle indique le nord, jusqu'à preuve du contraire.

— Comment ? Nous allons vers le nord ? Mais la Sicile est vers l'est. Nous avons viré d'un quart de tour !

Elle sent ses épaules frémir, son cœur battre plus vite. Ce changement de cap est bizarre. *Il se passe quelque chose d'anormal sur le navire.*

Fantômette prend sa lampe électrique et se glisse silencieusement hors de sa cabine. Elle parcourt une dizaine de mètres dans la coursive, atteint l'escalier que M. Patatrasse avait si rapidement descendu, grimpe sur le pont-promenade. Il est désert à cette heure avancée de la nuit. Comment savoir maintenant pourquoi le navire a été dérouté ? Le mieux est d'aller jeter un coup d'œil sur la chambre de navigation.

Elle fait quelques pas vers la passerelle et s'arrête net. Contrastant avec le bruissement des vagues, un son vient de frapper son oreille. Une chanson qui s'élève dans la nuit.

— Tiens ! qui donc s'amuse à chanter ? Un marin sans doute, ou un passager qui n'arrive pas à dormir...

Elle s'avance avec précaution jusqu'à l'abri que lui offre une manche à air et découvre une silhouette faiblement éclairée par les feux de navigation. Un homme se tient debout devant un panneau rectangulaire.

— Mille pompons ! c'est un artiste enragé, celui-là ! Il peint au clair de lune !

C'est bien le peintre, qui continue ses barbouillages en chantant un air napolitain. Mais Fantômette n'est pas venue là pour apprécier l'art pictural ou musical et elle poursuit ses investigations. L'échelle permettant d'accéder au pont supérieur est vite escaladée. Fantômette s'approche de la passerelle et jette un coup d'œil vers l'intérieur.

Il y a là trois hommes. Le timonier manœuvrant la roue ; l'officier de quart, dans un coin, les mains croisées sur la tête ; dans l'angle opposé, l'homme au teint de bronze, adossé à une fenêtre ouverte. Le bas de son visage est caché par un foulard rouge. Il tient un revolver dont il menace l'officier de quart.

Chapitre 7

Le drame

Fantômette soupire.

— Je m'en doutais, qu'il manigançait quelque chose, ce bonhomme. C'est donc lui qui a forcé l'homme de barre à nous faire dévier. On détourne aussi les bateaux !... Eh bien, mon cher monsieur, nous allons remettre l'*Anthéor* dans le droit chemin que cela vous plaise ou non.

Elle imagine aussitôt un plan. Il faut surprendre l'homme par-derrière, en passant par la fenêtre qui est dans son dos. Et pour atteindre cette fenêtre, elle doit contourner la passerelle. Fantômette s'aperçoit alors que le petit pont sur lequel elle se trouve ne fait pas le tour de la passerelle. Il faut donc passer par-dessus le toit pour aller de l'autre côté. Sitôt pensé, sitôt fait. Notre jeune héroïne empoigne le tube d'une canalisation et grimpe sur le toit avec l'agilité d'un chat qui vient d'apercevoir un moineau dans un arbre. Une fois là-haut, elle court jusqu'à l'autre côté de la passerelle, s'assied en laissant pendre ses jambes dans le vide, puis agrippe le rebord du toit et se glisse à travers la fenêtre. La seconde d'après, elle abat sa cape

sur la tête de l'homme qui lui tourne le dos et l'enserre en criant :

— Je le tiens ! Vite ! Prenez-lui son revolver !

Alors, il se produit un fait surprenant. Ou pour mieux dire, il ne se produit rien. *Personne ne bouge.*

Fantômette répète :

— Dépêchez-vous pendant qu'il n'y voit rien !

Mais le timonier demeure devant la roue de gouvernail et l'officier reste dans son coin, les mains sur la tête. Un marin a surgi du poste de navigation, pistolet au poing. Il lève son arme dans la direction de Fantômette et ordonne :

— Lâche-le, ma petite ! Et haut les mains !

La stupéfaction qu'éprouve Fantômette fait place à un sentiment d'angoisse. L'homme au teint bronzé n'est pas seul, comme elle l'a cru. Elle se rend compte un peu tard qu'elle a sous-estimé les forces de l'adversaire. Le marin répète, menaçant :

— Enlève cette cape tout de suite !

Il semble sur le point de tirer. La jeune aventurière desserre son étreinte et remet la cape sur son dos. L'homme au complet clair se retourne pour voir qui l'a attaqué. Il ricane :

— Tiens ! mais c'est notre chère Fantômette ! Alors, vous jouez les héroïnes de feuilletons télévisés, maintenant ? Ça n'a pas l'air de vous réussir, hein ?

Cela fait un effet étrange, d'entendre les paroles sans que l'on puisse voir bouger les lèvres. Il lance, goguenard :

— Je vous ai pourtant conseillé de rester tranquille. Je n'aime pas du tout qu'on s'occupe de mes affaires.

Très calme maintenant, Fantômette pose une question :

— Est-ce vous qui avez fait cet abominable fouillis dans ma cabine ? Et planté un couteau dans le mur ?

— Oui, c'est moi. Je voulais être sûr que la gamine qui nous espionnait était bien Fantômette. J'en ai eu la confirmation en découvrant votre costume de soie.

— Et c'est également vous qui m'avez fait un cadeau plutôt piquant ?

— Ah ! le petit serpent ? Je ne tenais pas à ce que vous participiez à cette croisière. Et les circonstances montrent clairement que j'avais raison. Mais puisque vous avez fourré votre joli nez dans cette affaire, ce sera tant pis pour vous !

L'officier de quart, qui est resté silencieux pendant toute cette scène, interpelle le bandit avec indignation :

— C'est la justicière Fantômette ! Vous n'allez tout de même pas lui faire de mal ?

Le timonier rit, le marin sourit, l'homme au visage bronzé hausse les épaules. Tous trois sont évidemment complices et maîtres de la situation. Mais que comptent-ils faire ? S'emparer du navire ?

Fantômette n'a pas le temps de chercher plus longtemps. Deux coups de sifflet brefs retentissent. Le timonier tourne la tête vers le chef des bandits et annonce :

— Paolo ! le signal... voilà la vedette !

— J'ai entendu. Trouvez un bout de corde et attachez Fantômette. Je ne tiens pas à ce qu'elle intervienne pendant que nous travaillons.

— Un drôle de travail, je suppose ! lance Fantômette. Peut-on savoir ce que vous êtes en train de manigancer ?

— Ça ne te regarde pas ! dit sèchement Paolo, tandis que le marin entreprend de ligoter la jeune aventurière au moyen d'un câblot.

Fantômette est alors attachée à la roue de gouvernail. Elle demande sur un ton joyeux qui contraste avec la gravité de la situation :

— Tiens ! c'est donc ça qu'on appelle le supplice de la roue ?

Mais Paolo — l'homme au complet clair — ne daigne pas répondre. Il décroche une lampe électrique de la cloison et, ayant toujours son revolver à la main, il ordonne à l'officier :

— Vous allez baisser les mains et passer devant moi. Au moindre geste suspect, au moindre appel, je tire.

Les deux hommes quittent le poste de pilotage, suivis par le marin. Le timonier reste seul avec Fantômette. Malgré son air d'insouciance, celle-ci ne perd pas une miette des événements. Au-dehors, quelques brefs commandements sont lancés, accompagnés de coups de sifflet. En tournant la tête vers tribord, elle entrevoit sous le clair de lune une masse sombre, à trois ou quatre encablures.

— Un autre bateau ! Qu'est-ce que cela veut dire ? Ses feux de navigation sont éteints...

C'est bien un bateau en effet, plus petit que l'*Anthéor* et d'allure plus ancienne. On distingue des mâts et des voiles. Mais une cheminée indique qu'il est aussi équipé d'une machine à vapeur auxiliaire. Aucune lumière ne brille à bord. Il se tient immobile à proximité du paquebot qui lui non plus ne bouge pas. Fantômette s'en rend compte d'un seul coup en remarquant que le bruit de l'étrave fendant la mer a cessé.

— Nous sommes en panne. Le nommé Paolo a dû faire stopper les machines pour que l'autre bateau puisse nous envoyer une vedette... Je donnerais bien le pompon de mon bonnet pour savoir ce qui se passe sur le pont-promenade...

De l'endroit où elle se trouve, il ne lui est pas possible de regarder vers le bas. Elle perçoit le ronronnement de la vedette et la voix de Paolo qui crie :

— Vite ! vite, dépêchons !

Un moment s'écoule, intolérablement long. La jeune aventurière bout sur place. Elle grogne intérieurement :

— Mille mystères et boules de gomme ! Qu'est-ce que je fais là, ficelée sur cette roue comme une oie pendant que ces bandits pillent le bateau ? Parce que c'est sûrement ce qu'ils sont en train de faire, les vandales ! Ah ! elle est jolie, la Fantômette ! Elle est fraîche ! C'était bien la peine que l'ingénieur Coquetier m'avertisse ! Pour une fois, je mérite un triple zéro !

Elle entend une sorte de cavalcade, un tumulte mal défini, des exclamations, des appels ou des ordres, puis brusquement, le claquement sec d'un coup de feu.

— Sapristi ! J'ai l'impression que les choses se gâtent !

Le timonier a sursauté. Il se penche par la fenêtre ouverte pour observer ce qui se passe sur le pont, gémit *Madonna !* et se précipite hors du poste.

À peine est-il sorti que Fantômette mord à pleines dents la broche en or qui maintient sa cape en place. La broche s'ouvre avec un déclic, et une mince lame d'acier apparaît. En serrant la broche entre ses dents, elle réussit à scier le câblot et à se libérer. C'est alors qu'elle entend un gémissement qui semble provenir de la salle de navigation. Elle ouvre la porte, entre et, d'un coup d'œil circulaire, évalue les dégâts.

Une chaise est renversée ; les appareils de radio sont éventrés. L'écran du radar est crevé. Trois hommes gisent sur le sol, attachés et bâillonnés : les deux opérateurs de radiophonie et le radariste. Ce dernier a réussi à dégager sa bouche pour appeler au secours. Il agite la tête faiblement. Fantômette tire son poignard, coupe ses liens en disant :

— N'ayez pas peur, je suis une amie.

Le radariste murmure :

— Nous avons été attaqués, par un inconnu... Il a des complices à bord... Le timonier et un autre marin... Ils sont armés...

— Oui, je sais. Tenez, prenez mon poignard et libérez vos camarades. Moi, je vais voir ce qui se passe dehors.

Elle sort du poste, court jusqu'au petit pont qui

domine l'ensemble du paquebot. De là, elle se laisse glisser sur une des chaloupes de sauvetage alignées au-dessus du pont principal, s'allonge sur la toile recouvrant l'embarcation. C'est un poste d'observation idéal qui lui permet de voir sans être vue. Un regard lui suffit pour prendre connaissance de la situation.

Une vedette est amarrée contre le flanc de l'*Anthéor*. Des hommes s'occupent activement à transborder des caisses — celles-là mêmes que Fantômette a vu embarquer. Sur le pont, quelques officiers et hommes d'équipage ont levé les bras, sous la menace d'une mitrailleuse en batterie à bord de la vedette. L'un d'eux est allongé sur le pont, victime sans doute du coup de feu tiré quelques instants plus tôt. Deux marins aux visages dissimulés par des foulards se tiennent debout sous les canots de sauvetage. Ils se trouvent si près de Fantômette qu'elle peut entendre l'un d'eux grommeler :

— Qu'ils se dépêchent un peu, voyons ! Il faut que nous soyons à Terrifio avant le lever du jour.

La jeune aventurière pense :

« C'est une attaque en règle ! Un acte de piraterie en haute mer. »

Elle se demande comment s'y prendre pour contrecarrer l'action des pirates, quand un nouveau coup de sifflet retentit. Paolo, qui surveillait l'ensemble des opérations, fait descendre ses complices dans la vedette puis y saute à son tour.

Le moteur se met à rugir, et l'embarcation

s'éloigne aussitôt de l'*Anthéor*, en direction du bateau sombre. Fantômette se mord les lèvres.

— Trop tard ! Ils ont emporté ce qu'ils étaient venus chercher. Ah ! l'opération a été rondement menée ! Mes compliments, messieurs, vous êtes des maîtres ! Les caisses doivent contenir une fortune...

Elle éprouve un affreux sentiment de défaite et d'humiliation, comme si l'attaque qui vient de se produire était un affront personnel. Agacée, énervée, mal à l'aise, elle maudit son manque de prévoyance en grognant :

— Encore un ratage comme celui-ci et je me fais ermite au sommet de l'Éverest !

Cependant une confusion extrême règne sur le pont. Le médecin du bord se penche sur l'officier touché par une balle en disant :

— Ce n'est rien. Juste une blessure à la jambe.

Des matelots vont et viennent, s'interpellent, poussent des exclamations en constatant que le bateau est en panne. Des passagers, en pyjama ou chemise de nuit, surgissent et demandent :

— Que se passe-t-il ? Où sommes-nous ? C'est une révolte de l'équipage ? Une mutinerie ?

La grosse dame apparaît, sa tête couverte de bigoudis cylindriques, et interroge un matelot avec effarement :

— C'est un naufrage ? Nous coulons ?

Le commandant Pacotille vient d'arriver. Il lance quelques ordres brefs à ses officiers, fait emmener le blessé et rassure les passagers en leur conseillant de retourner au lit. Le pom-pom-pom de la vedette s'est éteint depuis un moment, et la silhouette de l'autre bateau s'efface dans la nuit. Fantômette entend le commandant ordonner la mise à l'eau d'un canot rapide qui est suspendu en tête de la file des chaloupes. Sans doute va-t-on essayer de poursuivre les pirates. Fantômette reconnaît le lieutenant Paimpol qui monte dans le canot en toute hâte. Aussitôt, des marins font basculer les portiques coudés que l'on appelle bossoirs, auxquels sont accrochées les embarcations de secours. Mais la manœuvre est interrompue. Il y a une exclamation et la jeune aventurière entend un mot prononcé par le lieutenant : *Sabotage !*

Elle ne peut retenir un petit sifflement d'admiration.

— Ils ont tout prévu, ces coquins ! Ils ont démoli les moteurs des canots. On ne pourra donc pas leur donner la chasse. Comme ils ont également mis hors d'usage la radio, le commandant ne peut pas alerter la police côtière. Ah ! ils ont bien manœuvré ! Voilà une opération joliment menée. Mes compliments, signor Paolo, je vous tire mon bonnet !

Un flottement se produit parmi les officiers. Ils hésitent, tournent en rond, discutent. Le commandant confère avec son second. Il se frotte le menton, visiblement embarrassé. Puis il part en direction de la passerelle. Après une minute ou deux, l'*Anthéor* frémit. Ses hélices se remettent à battre l'eau, et son sillage d'écume réapparaît. Petit à petit, les marins pénètrent dans l'intérieur du navire, et le pont redevient désert. Fantômette s'étire, bâille et prend la sage décision d'aller se coucher.

— Puisqu'il n'y a plus rien à faire, au dodo ! Demain, on y verra plus clair !

Elle descend de son perchoir, revient sans se presser vers l'escalier qui plonge dans l'entrepont. À l'est, une lueur rose annonce la venue de l'aurore. À l'instant où elle pose le pied sur la première marche, Fantômette entend une voix qui fredonne un refrain italien.

— Comment ? Il est encore là ?

Le peintre est toujours à l'avant, devant son chevalet. Il barbouille sa toile sans se lasser, en chantant pour saluer le lever du soleil !

Chapitre 8

La Sulfura

Ficelle ouvre un œil (le gauche), regarde la pendule électrique encastrée dans la paroi. Elle indique 9 h 15. La grande fille ouvre ensuite l'autre œil (le droit), se redresse sur sa couchette et tourne la tête pour voir à travers le hublot.

Elle aperçoit une baie au creux de laquelle est blottie une ville aux toits de tuile. En arrière, on aperçoit des collines ocre jaune couvertes d'oliviers.

— Oh ! la baie de Palerme ! Nous sommes déjà en Sicile ! Je ne pensais pas que nous irions si vite...

Elle se lève en chantonnant très faux *Il était un petit navire*, se fourre la tête sous le robinet d'eau froide, pousse un hurlement en recevant une douche bouillante, ce qui lui fait supposer qu'elle s'est trompée de robinet. Puis elle se frictionne le visage avec un gant, au point de lui donner la teinte d'une tomate mûre.

Elle ouvre ensuite son armoire, choisit longuement un chemisier et une jupe dont la suprême élégance va remplir d'admiration les autres passagers. Elle fixe ensuite la touffe de paille qui lui tient lieu de cheve-

lure au moyen d'un demi-cercle en plastique rouge surmonté d'une marguerite géante, puis passe dix bonnes minutes à contempler son image dans un miroir. Elle marque sa satisfaction en faisant claquer sa langue, sort et s'en va frapper à la porte de la cabine voisine.

— ... trez ! grogne une voix ensommeillée.

Ficelle pousse la porte, s'incline en disant d'un ton pompeux :

— Je salue bien bas Votre Majestitude, et lui souhaite toutes sortes de prospérités, Princesse au bois dormant. J'ai, de plus, l'insigne honneur de lui apprendre que l'*Anthéor* vient de jeter l'ancre dans la baie de Palerme, en Sicile.

Françoise est enfouie sous les draps. Seul son nez dépasse. Sans bouger, elle répond :

— Je remercie dix mille fois Votre Seigneurie et j'ai le non moins grand honneur de lui faire savoir que la baie en question est celle de Cagliari, en Sardaigne.

Ficelle sursaute.

— Qu'est-ce que tu racontes ? C'est la Sicile, ça. J'ai bien regardé la carte avant de partir. Notre itinéraire ne passe pas par la Sardaigne.

— Eh bien, tu vois comme on peut se tromper.

— Mais pourquoi serions-nous venus ici ?

— Parce que notre bateau avait besoin de faire escale.

— Ah ? Pourquoi ?

— Parce que les émetteurs de radio et le radar ont été mis en pièces cette nuit, et qu'il faut les réparer.

Ficelle ouvre de grands yeux.

— Mis en pièces ? Par qui ?

— Par des pirates qui nous ont attaqués.

— Ha ! ha ! C'est une blague...

Françoise s'étire, décroche le téléphone.

— As-tu pris ton petit déjeuner, Ficelle ?

— Heu... non, pas encore.

— Allô ? Deux petits déjeuners, s'il vous plaît.

Elle raccroche, explique posément :

— Cette nuit, des pirates ont attaqué l'*Anthéor*, avec la complicité de trois hommes qui se trouvaient sur la passerelle de commandement. Le timonier, un marin, et un certain Paolo qui semble être le chef de la bande. Ils ont emporté les caisses que nous avons vu charger à Toulon.

— Les caisses de diamants ?

— Ou de foie gras, comme dit Boulotte.

— Et comment sais-tu tout ça, Françoise ?

— J'étais sur le pont, et j'ai tout vu.

Ficelle fait la grimace.

— Tu aurais pu me prévenir, au moins ! J'aurais fait des photos mirifiques ! Ah ! tu n'es pas chic !

Mais les récriminations de la jeune farfelue sont interrompues par le steward qui apporte un plateau couvert d'une quantité de bols, pots, assiettes et petits récipients bien garnis, ainsi qu'un numéro d'*Anthéor-Magazine*. À peine est-il sorti que Boulotte apparaît :

— Ah ! je vois qu'on vient de vous servir le petit déjeuner. Moi, c'est fait. Vous allez voir, la confiture d'oranges est délicieuse. Tenez, je vais vous ouvrir le petit pot...

Tandis que la gourmande commence à entamer le petit pot, Françoise déplie le journal. Sur la première page s'étale un grand titre : ESCALE SURPRISE EN SARDAIGNE, suivi de cet article :

Ne reculant devant aucun sacrifice pour satisfaire son aimable clientèle, la Compagnie des Croisières méditerranéennes vous offre, sans supplément de prix, une délicieuse escale dans le magnifique golfe de Cagliari. Une superbe chaloupe sera à la disposition des honorables passagers qui désireront se rendre à terre pour goûter les charmes de la terre sarde.

Françoise sourit.

— Ils ne veulent pas avouer qu'il s'agit d'une escale forcée. Aucun mot sur les pirates.

— Quels pirates ? demande Boulotte en étalant la confiture sur une biscotte.

— Des pirates affreux ! répond Ficelle, habillés tout en noir, avec des masques, des chapeaux à plumes et des épées courbes. Et un grand drapeau avec une tête de mort. Ils poussaient des hurlements épouvantables dans la nuit ! Tu ne les as pas entendus ? Moi, si ! Je suis montée sur le pont en leur criant « Au large ! » et ils se sont enfuis. Malheureusement, je n'ai pas pu les empêcher d'emporter les caisses de diamants !

Boulotte attaque un croissant en demandant :

— Et maintenant, où sont-ils, ces fameux pirates ?

— Ça, je n'en sais rien ! Malgré mon flair proverbial, je ne pourrais pas te le dire. Ils sont partis sans donner leur adresse. Maintenant, on ne pourra plus les retrouver.

— Peut-être que si, coupe Françoise.

Délaissant le petit déjeuner dont Boulotte se charge, Françoise regarde à travers le hublot en direction de la ville. Elle répète :

— Il y a peut-être un moyen de retrouver leur trace. Quelqu'un pourrait nous renseigner sur ces pirates. Une personne qui était au courant de l'attaque.

— Qui ça ? demande Ficelle en ouvrant des yeux ronds.

— L'ingénieur Coquetier. Il nous avait bien dit qu'un événement grave allait se produire sur le bateau.

— Envoyons-lui un télégramme !

— Impossible. La radio du bord ne marche plus. Il faut descendre à terre et téléphoner à la poste de Cagliari.

— Ah ! c'est une idée magnifique ! Je vais aller demander à quelle heure part la superbe chaloupe en question.

Elle se lève d'un coup, ce qui provoque la culbute de son bol de café, et sort après s'être cogné une jambe contre celle d'une chaise. Françoise s'empare d'un croissant avant que Boulotte ne l'engloutisse, et elle sort à son tour. Restée seule, Boulotte soupire de contentement :

— Elles ont bien fait de s'en aller. J'ai cru qu'elles n'allaient rien me laisser !

*
* *

Fantômette replie soigneusement son costume de soie et glisse son masque noir sous une pile de mouchoirs. Un coup est frappé à la porte.

— Oui !

Le lieutenant Paimpol se tient sur le seuil. Il salue et dit :

— Mademoiselle, le commandant Pacotille aimerait avoir un entretien avec vous. Si vous voulez bien me suivre ?

Intriguée, Fantômette fait un signe de tête affirmatif en se demandant ce que le commandant veut lui dire. Elle ajuste sur son nez de grosses lunettes noires, jette un coup d'œil sur un miroir avant de sortir. Elle porte un pantalon blanc et une chemise en vichy à petits carreaux. Sur la tête, un fichu jaune. À la suite du lieutenant, elle passe devant des petits groupes de marins qui discutent avec animation. Visiblement, ils commentent les événements de la nuit.

Le lieutenant se dirige vers l'arrière, longe une série de coursives, traverse le carré des officiers, puis frappe deux coups à une porte sur laquelle apparaît un mot en lettres de cuivre : COMMANDANT.

— Entrez !

Fantômette entre dans une vaste cabine aux murs blancs contenant un mobilier sommaire en acier. Un bureau, un classeur. Deux chaises. Au mur, un grand planisphère. Derrière le bureau est assis le commandant Pacotille. À côté de lui se tient un personnage, debout, très raide dans son uniforme noir. Son nez en bec de faucon, ses yeux perçants et ses lèvres minces dénotent un caractère peu commode. Le commandant désigne la seconde chaise.

— Asseyez-vous, mademoiselle, je vous prie.

Fantômette obéit. Elle ressent l'impression désagréable de se trouver devant des examinateurs qui vont lui demander la date de la bataille de Crécy (1346).

— Mademoiselle, dit le commandant, divers faits se sont produits à bord de ce navire au cours de la nuit dernière. Nous avons de bonnes raisons pour penser que vous avez été mêlée à ces événements. Est-ce exact ?

— Parfaitement exact.

L'homme à l'uniforme noir se penche vers le commandant avec un sourire qui allonge ses lèvres minces. Il murmure, avec un grincement dans la voix :

— Elle reconnaît déjà sa participation.

Le commandant regarde Fantômette droit dans les yeux et demande :

— Pouvez-vous me dire ce que vous avez fait au cours de la nuit ?

Fantômette croise sa jambe droite sur sa jambe gauche et répond tranquillement :

— Très simple. J'ai délivré les deux radios et le radariste qui étaient ficelés comme des saucissons d'Arles.

— Et vous vous êtes déguisée en Fantômette ?

— Déguisée ? Pas du tout. Je suis Fantômette. La seule, la vraie, l'unique. Méfiez-vous des imitations.

Il y a un instant de silence. L'homme vêtu de noir émet un petit rire ironique, et le commandant Pacotille soulève sa casquette et se gratte le crâne avec perplexité. Il tapote son bureau du bout des doigts, puis :

— Je veux bien croire que vous êtes la fameuse Fantômette, celle qui combat les bandits et les voleurs. Mais ce que j'aimerais savoir, c'est la raison pour laquelle vous étiez là précisément à l'instant où le vol a eu lieu.

— Ah ! ça... mais dites tout de suite que je suis complice des pirates !

Le commandant fait un geste négatif.

— Je ne dis pas que vous êtes complice, mademoiselle. Le fait que vous ayez délivré les radios démontre votre honnêteté. Mais il est tout de même surprenant que vous soyez intervenue à la seconde même où l'attaque se produisait, comme si l'on vous avait prévenue. D'autre part, l'officier qui se trouvait sur la passerelle a constaté que le chef des pirates, un nommé Paolo, paraissait vous connaître. Il vous aurait même fait parvenir un animal. Un serpent, je crois...

L'homme en noir ajoute son grain de sel :

— Tout ceci est plus que surprenant. C'est suspect. Manifestement, vous êtes en relations étroites avec les pirates. Mais nous avons vite fait de vous démasquer, n'est-ce pas ? Et nous allons tirer au clair votre rôle dans cette affaire. Je pense que vous feriez mieux d'avouer tout de suite et de nous dire où se cachent vos complices.

Fantômette s'indigne :

— Non, mais ! Dites donc, vous y allez un peu fort ! Je prends des risques pour vous aider, je manque de me faire transformer en passoire à coups de revolver, je subis le supplice de la roue, et c'est comme ça qu'on me remercie ? Si j'avais su, je serais restée bien tranquillement couchée !

Le commandant Pacotille, conciliant, lève la main.

— Notre commissaire du bord se méfie de tout le monde. Cela fait partie de son métier, voyez-vous ? Mais dites-nous plutôt pourquoi vous êtes sur mon bateau. Il a été question d'un concours organisé par un journal.

— Oui, le billet m'a été offert à la suite de ce concours. Mais d'autre part, quelqu'un m'a demandé de participer à cette croisière.

Fantômette reprend l'affaire depuis le début, expliquant comment elle est venue au chevet de l'ingénieur Coquetier qui l'a avertie qu'un événement grave allait se produire sur l'*Anthéor*. Elle indique comment elle a rencontré Paolo pour la première fois, lorsqu'il s'était déguisé en infirmière. Le commandant reprend :

— Donc, vous avez reconnu ce Paolo, mais vous ignoriez quels étaient ses projets ?

— Oui. J'ai seulement compris qu'il se passait quelque chose d'anormal quand j'ai vu que l'*Anthéor* avait changé de route. Je suis montée sur la passerelle et j'ai essayé de mettre mes petits bâtons dans les

roues des pirates, mais il était trop tard. Je les ai vus qui embarquaient les caisses.

— Savez-vous ce qu'elles contenaient ?

— Non, mais je crois l'avoir deviné. J'ai lu la semaine dernière dans la rubrique économique d'un journal... Il faut vous dire que je lis tout, dans les journaux. Depuis le titre jusqu'au nom de l'imprimeur.

— Très bien. Qu'avez-vous lu ?

— Que la Tunisie attend la livraison d'une demi-tonne d'or, en paiement d'un important stock d'huile d'olive. Je me trompe peut-être ?

— Non, c'est bien cela. Les caisses contenaient cet or. La Main Jaune s'en est emparée.

— La Main Jaune ?

— Oui. Il s'agit d'une société secrète qui doit avoir son quartier général quelque part en Sardaigne. Le nommé Paolo en est probablement le chef.

— Ah ! je comprends maintenant pourquoi il m'envoyait des menaces en signant avec une main jaune. Mais d'où vient ce nom ?

Le commandant Pacotille ôte le couvercle d'un pot à tabac hollandais et entreprend de bourrer sa pipe. Il explique :

— La Main Jaune s'appelle également la *Sulfura*. Un nom qui vient de *soufre*. Vous trouvez la même origine dans *sulfurique*, l'acide fabriqué avec du soufre.

— Mais pourquoi ce terme ?

— Parce que, dans les débuts, les fondateurs de cette société travaillaient dans des exploitations de soufre, comme on en trouve dans le Sud de l'Italie. Chacun des membres s'appelait un *sulfuro* — au pluriel des *sulfuri* — et lorsque la société voulait menacer quelqu'un de mort, un sulfuro enduisait sa main de soufre en poudre et l'appliquait contre sa porte. D'où l'expression Main Jaune.

— En somme, cette main jaune est la marque de cette société secrète ?

— Oui, c'est une sorte de symbole...

Le commissaire intervient :

— Toutes ces explications sont belles et bonnes, mais elles ne nous disent pas où l'or s'en est allé. Mademoiselle, vous devez bien avoir votre petite idée sur la question ? Vous qui êtes si intelligente, à ce qu'on dit ?

Fantômette secoue la tête.

— Je n'en sais pas plus que vous. J'ai vu la vedette emporter les caisses jusqu'au bateau à voiles, et c'est tout. J'ignore quelle direction ce bateau a prise. Je vais maintenant descendre à terre et téléphoner à l'ingénieur Coquetier. S'il s'est remis de ses blessures, il pourra peut-être me donner quelques renseignements utiles.

Le commissaire prend un air pincé

— Je regrette de vous contrarier, mademoiselle, mais je vous demanderai de ne pas quitter le bord tant que votre rôle ne sera pas éclairci.

Fantômette sursaute.

— Comment ? Vous voulez m'empêcher de débarquer ? Vous me croyez encore complice de la Main Jaune ?

Le commandant Pacotille essaie de concilier les deux adversaires.

— Un peu de patience, mademoiselle. Je vous demanderai d'attendre vingt-quatre heures. D'ici là, nous aurons alerté les polices de tous les pays méditerranéens, et je suis sûr que...

— D'ici là, vos oiseaux seront loin ! tranche Fantômette en se levant.

Et elle sort de la cabine avec un claquement de porte, en pensant que le métier de justicière est parfois bien difficile à pratiquer.

Chapitre 9

Fantômette s'échappe

Ficelle frappe à la porte, et sans attendre de réponse entre en coup de vent. Elle s'écrie :

— Nous avons raté la superbe chaloupe ! Elle vient de partir. La prochaine est dans une heure.

Françoise lui tourne le dos. Elle boude, observant la côte d'un air maussade.

— Ça ne m'avance pas beaucoup, d'apprendre qu'il y a une autre chaloupe.

— Pourquoi ?

— Parce que le commandant ne veut pas me laisser aller à terre.

— Pas possible ?

— Si. Il paraît qu'on n'a plus le droit de se promener la nuit sur le pont sans avoir l'air d'un pirate.

— Vraiment ? On te prend pour un pirate ? Qui ça ?

— Le commissaire du bord. Il est du genre entêté. Mais comme je suis encore plus têtue que lui, je quitterai l'*Anthéor* même si ça ne lui plaît pas. À la nage au besoin.

— Bravo, Françoise ! J'approuve formidablement et je t'accompagne !

Elle dit et donne un grand coup de poing sur la table, ce qui renverse un vase de fleurs. Françoise fait un signe de tête.

— Merci, Ficelle. J'accepte ta compagnie précieuse. Tu peux préparer tes bagages.

— Mes bagages ? Mais si nous allons à terre juste pour téléphoner...

— Moi, je quitte complètement le bateau. Je n'ai plus rien à faire ici. Je vais me lancer à la poursuite des caisses. Si tu veux venir, prends ton petit matériel et préviens Boulotte.

— Mais... Et notre croisière gratuite ? La Grèce ? La Tunisie ?

— Fais comme tu voudras ! Moi, je m'en vais.

Ficelle réfléchit une seconde.

— Après tout, je peux aussi bien visiter la Sardaigne que la Tunisie. D'accord, je vais préparer mes valises. Mais au fait, si nous ne prenons pas la chaloupe, comment allons-nous faire ?

Françoise regarde de nouveau à travers le hublot, évaluant la distance qui sépare le paquebot de la côte.

— À vue de nez, il y a huit cents mètres... Ce doit être possible...

— Qu'est-ce qui est possible ? De traverser... à la nage ?

— Mais non, voyons ! Avec ton canot pneumatique.

— Ah ! je n'y pensais plus. C'est vrai, il y a le *Formidable*. Je vais le gonfler tout de suite.

Ficelle retourne en courant dans sa cabine, extirpe le canot de sous une pile de vêtements et se met à la recherche de la pompe — un hémisphère de caoutchouc — qui doit se trouver quelque part dans le lavabo, ou dans les plis d'une tente de camping, ou sous la couchette, ou ailleurs...

Un quart d'heure plus tard, Boulotte et Françoise viennent frapper à la porte. La première a soigneusement empilé dans sa valise ses provisions de conserves, et fourré dans un sac de plage diverses bouteilles de soda qu'elle a achetées au bar de la galerie marchande. La seconde a bouclé sa valise et se trouve prête à partir. Ficelle lève les bras vers le plafond.

— Je n'ai pas fini, moi ! Je suis à la recherche de la pompe... Elle s'est cachée quelque part... Pourtant je l'avais rangée dans un endroit bien précis. Mais il se trouve que mes affaires ont tendance à s'éparpiller toutes seules... Je ne sais pas pourquoi... C'est un phénomène de... comment dire ? De dispersion automatique.

Françoise et Boulotte se mettent de la partie pour traquer la pompe qui se dissimule avec l'agilité d'un furet poursuivi par des renards. Finalement, Françoise réussit à découvrir l'objet dans l'étui de l'appareil photo (lequel s'est blotti au fond de l'armoire, sous une combinaison).

— On gonflera le canot sur le pont, dit Françoise.

Laissant Ficelle empaqueter tant bien que mal ses affaires sous l'œil de la grosse gourmande qui dévore

un sandwich au poulet (il y a un distributeur automatique dans la galerie marchande), Françoise monte à l'air libre et pousse une pointe de reconnaissance vers la proue, puis vers la poupe afin de repérer un endroit favorable à la mise à l'eau. Le navire est ancré parallèlement à la côte, la partie droite — c'est-à-dire tribord — se trouvant vers Cagliari. C'est sur cette moitié de bateau que les passagers et les marins sont massés pour regarder le port. Par contre, personne ne se trouve du côté bâbord, vers la pleine mer. Nos jeunes passagères devront donc s'échapper par là. Non loin de la piscine, Françoise repère un rouleau de cordage. Elle attache solidement une extrémité du filin à un anneau, jette le rouleau par-dessus bord et revient en courant à la cabine de Ficelle.

— Alors, tu es prête ?

— Heu... oui... heu... presque...

La jeune fantaisiste a entrepris de remettre un peu d'ordre dans sa boîte de *Premiers secours*. Il y a sur le lit un tas impressionnant de pilules multicolores qu'elle replace une par une dans les tubes correspondants. Elle explique :

— Tu vois, Françoise, les pilules jaunes, c'est de la Rhumine contre la grippe, les bleues sont des pastilles de Tétralgil contre la migraine, les rouges, c'est du Malalapat contre les cors aux pieds, les vertes...

— On n'a pas le temps de faire du triage ! coupe Françoise en faisant glisser d'un coup toutes les pilules dans une boîte de conserve vide.

— Mais... mais...

— Tu me feras un cours de pharmacologie un autre jour !

Françoise entasse vivement les bagages de Ficelle dans le canot qui est ensuite porté à bout de bras jusqu'au pont supérieur, côté bâbord. Ficelle jette un coup d'œil circulaire. Il n'y a personne en vue.

— J'aurais bien voulu dire au revoir à M. Patatrasse, avant de partir.

— Moi aussi, dit Françoise, mais nous n'avons pas le temps. On lui enverra une petite carte postale. Et maintenant, allons-y !

Les trois amies n'ont pas fait dix pas qu'une longue silhouette noire surgit devant elles. C'est le commissaire du bord. Il lève le sourcil gauche pour exprimer son étonnement, fronce le droit pour manifester ses soupçons et demande sèchement :

— Où allez vous, avec ce canot ?

— Mais... naviguer sur la piscine, répond Françoise avec un large sourire.

— Vraiment ? Avec ces bagages ?

Ficelle intervient :

— Parfaitement ! Nous faisons un exercice de sauvetage d'une importance... très importante. Une répétition, pour le cas où l'*Anthéor* coulerait au fond de la Méditerranée !

— C'est bien inutile, mademoiselle. Nous avons à bord des embarcations réglementaires de secours. Enfin, si cela vous amuse...

Il hausse les épaules et n'insiste pas, mais reste planté pour observer les futures naufragées qui sont bien obligées de s'en aller poser leur engin sur l'eau

de la piscine. Mais dès qu'il a tourné les talons, Françoise donne le signal de la fuite.

— Maintenant, vite !

Le canot pneumatique est rapidement tiré du bassin, ramené jusqu'à l'endroit où est attaché le filin, soulevé au-dessus de la rambarde et largué. Il fait Floc ! en touchant l'eau verte et s'immobilise contre la coque du paquebot. Françoise lance les bagages dessus et s'assure une dernière fois qu'aucun curieux n'assiste à l'opération clandestine. Puis elle fait signe à ses amies de descendre.

Ficelle enjambe le bastingage, se cramponne au filin et se laisse glisser jusqu'au canot. Ou plus exactement, jusqu'à un point de la mer situé *à côté* du canot. Elle plonge la jambe gauche dans l'eau, pousse un cri, lâche prise, enfonce la jambe droite dans l'élément liquide, s'accroche désespérément à l'embarcation et réussit finalement à y prendre place, trempée comme une éponge.

Boulotte s'installe à son tour, menaçant par son poids de déséquilibrer dangereusement la petite embarcation. Françoise s'empare d'une pagaie et commence à propulser vigoureusement le *Formidable* pour l'éloigner de la muraille d'acier du paquebot.

— Alors, vous deux, vous me donnez un coup de main, ou vous dormez ?

Boulotte, la bouche pleine, fait signe que ses deux mains sont occupées par des pains d'épice. Ficelle saisit la seconde pagaie et se met en devoir d'aider Françoise en l'éclaboussant allégrement. Malgré cette aide plus gênante qu'efficace, Françoise parvient à faire prendre le large à la bulle de toile plastifiée, tout en surveillant du coin de l'œil ce qui se passe à bord de l'*Anthéor*.

Au bout d'un quart d'heure, elle estime que la distance la séparant du bateau est suffisante. Elle manœuvre alors pour se rapprocher de la côte. Le *Formidable* contourne un promontoire, à l'est de Cagliari, et se trouve en vue d'une plage où des parasols alignent leurs taches colorées. À cet instant, Ficelle remarque un mouvement insolite sur le paquebot : une vedette descend le long de la coque.

— Oh ! Regardez ! Ils mettent une vedette à l'eau... Je me demande pourquoi...

— C'est facile à comprendre, répond Françoise.

— Ah ? Tu sais, toi ?

— Oui. *Cette vedette est pour nous.* Le cher commissaire a dû s'apercevoir que nous lui avons filé sous le nez et il va nous poursuivre. Allez, vite ! Pagayons vers la plage !

Elles redoublent d'efforts. Boulotte, n'ayant pas de pagaie, ouvre sa valise et en sort une petite poêle à frire qu'elle plonge dans l'eau pour aider le mouvement. Là-bas, la vedette touche l'eau en même temps que s'élève un ronflement de moteur. Elle se lance à la poursuite du *Formidable*. Françoise serre les dents, pagaie de toutes ses forces, ce qui ne l'empêche pas de penser.

— Ça me rappelle un de ces problèmes qu'on nous fait faire à l'école. Sachant que le poursuivant fait 60 kilomètres à l'heure et le poursuivi dix fois moins,

indiquer lequel des deux arrivera le premier à la plage...

Quand le *Formidable* atteint les premiers groupes de baigneurs, la vedette ne se trouve plus qu'à cent mètres en arrière. Le commissaire lance un coup de sifflet ; mais déjà les fugitives se glissent parmi les estivants qui font trempette. Rageur, le commissaire doit cesser la poursuite et faire demi-tour.

Le canot pneumatique touche le sable de la plage, et Françoise débarque la première sur le sol de la Sardaigne. Elle murmure alors pour elle-même :

— Maintenant, je vais m'occuper de la Main Jaune.

Chapitre 10

Une piste

Françoise, Ficelle et Boulotte ont débarqué sur la plage du Lido, à quelques kilomètres de Cagliari. Ficelle manifeste aussitôt son intention de planter la tente sur le sable, mais la brunette parvient à l'en dissuader. La grande Ficelle veut alors se mettre à la recherche d'un terrain de camping, mais renseignement pris, il se trouve qu'un tel terrain est assez éloigné de la ville. Or, Françoise veut rester à proximité d'un téléphone. Après une longue conférence, les trois amies décident de se rendre tout d'abord en ville, puis de réfléchir après. Le plus urgent est de communiquer avec l'ingénieur Coquetier.

Elles ont tôt fait de repérer un arrêt de tramways. Cinq minutes plus tard, nos trois héroïnes se trouvent comprimées dans un tramway surchauffé et bruyant, parmi la foule qui revient de la plage et les ouvrières qui ont travaillé aux salines pendant la matinée. Ces dernières, un fichu de couleur sur leur chevelure noire, bavardent avec des éclats de rire en croquant des *caschettas*, ces petits gâteaux dont le nom indique qu'ils sont en forme de casquettes. Le tram s'arrête à

chaque instant, et la compression augmente à mesure que le véhicule se rapproche du centre de la ville.

Françoise, qui parle couramment l'italien, s'est risquée à demander s'il y a de quoi se loger en ville. Aussitôt, dix voix lui répondent en même temps, lui fournissant des explications aussi variées que précipitées :

— Ma cousine Lucia prend des locataires... Allez donc à l'hôtel *Flora*... Pourquoi n'iriez-vous pas loger chez ma sœur Renata ?... Je vous recommande l'*Italia*... Vous avez l'*Excelsior*... Le *Mediterraneo* est très bien...

Le tout avec force gestes néanmoins limités par le manque de place. Françoise adresse mille remerciements et se retrouve finalement avec ses amies au terminus de la ligne, en plein centre de Cagliari. À peine sont-elles descendues du bruyant véhicule, que les trois filles se trouvent nez à nez avec M. Ulysse Patatrasse. Celui-ci pousse un cri :

— Ah ! Vous avez débarqué ? Pour visiter la ville ?

Françoise explique :

— En fait, nous n'avons pas tellement l'intention de faire du tourisme. Nous essayons de retrouver les caisses d'or qui ont été volées la nuit dernière.

— Oh ! Vous voulez jouer les détectives ! Je vous trouve bien courageuses... Enfin, la jeunesse moderne n'a peur de rien...

— Mais vous-même, demande Françoise, pourquoi êtes-vous venu à terre ?

Le professeur sort de sa poche un journal qu'il déplie.

— Je ne pensais faire qu'un petit tour en ville, mais voyez ce que je viens d'apprendre...

Il désigne un titre du journal local, *La Gazetta di Cagliari* : IL VOLCANO NON FIUMA PIÙ.

— Comprenez-vous ? *Le volcan ne fume plus !* L'Etna donnait tous les signes d'une éruption imminente, et brusquement les projections de cendres et les émissions de fumées ont cessé. Mon collègue, le vulcanologue Taroun Hazieff, a déclaré que l'éruption ne se produirait certainement pas. Du coup, mon voyage en Sicile devient inutile, et je vais séjourner quelque temps ici même, en Sardaigne. L'île vaut la peine d'être visitée. Mais dites-moi, que faites-vous donc avec toutes ces valises ?

— Nous cherchons à nous loger, répond Françoise.

— Rien de plus facile. J'ai trouvé un hôtel tout neuf, dans le centre. C'est à deux minutes d'ici. Venez, je vais vous montrer...

Deux minutes plus tard, les trois amies parviennent à l'hôtel *Rossini*, où le vulcanologue veille à leur installation. Une fois les bagages mis en place, Françoise descend à la réception pour demander où se trouve la poste. Un employé la renseigne, avec d'innombrables gestes.

— La poste ? C'est très simple... Vous longez le corso Vittorio Emanuele, vous tournez à droite dans la via Sassari... C'est tout près de la piazza Matteotti... Vous connaissez la piazza del Carmine ? Eh bien...

Françoise écoute attentivement les explications. Puis elle demande :

— Vous pensez que c'est une bonne heure pour téléphoner ?

L'employé sursaute.

— Téléphoner ? Mais vous ne pourrez pas téléphoner à la poste !

— Non ?

— Non. Il faut aller dans un autre endroit. Ici, la poste et le téléphone sont deux administrations différentes.

— Ah ! bon. Alors, où est-ce ?

Les explications recommencent et Françoise finit par apprendre que le bureau téléphonique est à deux pas de l'hôtel, dans le cours Victor-Emmanuel. Elle s'y rend aussitôt. Mais en parvenant devant l'édifice, elle repère une silhouette noire qui se tient debout devant l'entrée.

— Le commissaire de l'*Anthéor*. S'il me voit, il va m'embarquer...

Elle fait aussitôt volte-face et revient à l'hôtel.

— Ficelle, tu vas téléphoner à ma place. Le commissaire ne te connaît pas, donc il ne fera pas attention à toi.

— Bon, d'accord. D'ailleurs, ma subtilité est tellement énorme, que je ferais une espionne absolument fantas. Que devrai-je dire à l'ingénieur Coquetier ?

— Tu lui demanderas ce que contenait l'enveloppe jaune.

— Entendu ! j'y cours...

Ficelle part en flèche. Françoise doit la rappeler.

— Attends, étourdie ! Tu ne sais pas le numéro de l'hôpital Calomel.

— Ah ! c'est vrai !

— SERingue 12-34.

Ficelle repart en courant. Cinq ou six minutes plus tard, elle réapparaît, haletante, et explique :

— Pas pu téléphoner. Deux heures d'attente pour avoir Paris...

— Ah ! je comprends pourquoi tu es revenue si vite. Évidemment, il y a beaucoup de touristes en ce moment.

— Alors, qu'allons-nous faire ?

À cet instant, la porte de la chambre s'ouvre, et la grosse Boulotte apparaît. Elle annonce :

— M. Patatrasse nous invite à déjeuner. Vous venez ?

— Maintenant, nous savons quoi faire ! s'écrie Ficelle.

Les trois amies rejoignent le vulcanologue, puis sortent de l'hôtel. En traversant la piazza Jenne, elles aperçoivent au passage la grosse dame vêtue d'un boléro en velours vert orné de broderies d'or, qu'elle vient sans doute d'acheter sous les arcades de l'élégante via Roma. Nos amis s'engagent dans le quartier des ruelles qui montent vers la cathédrale. Boulotte remarque une enseigne peinte en jaune sur un fond vert : *Taverna della Medusa*. Il faut descendre trois marches pour arriver dans une sorte de cave sombre où brillent des yeux inquiétants. Ficelle hésite et murmure, avec un tremblement dans la voix :

— Monsieur Patatrasse, nous n'allons pas entrer là-dedans ? Ça m'a l'air d'un vrai coupe-gorge ! C'est sûrement un repaire de brigands !

— Rassurez-vous, c'est dans ce genre de repaire qu'on mange en général le mieux.

Le vulcanologue a raison. Une fois assis devant un pichet de *rosato di Dorgali* frais, dans une pénombre qui contraste agréablement avec la fournaise de l'extérieur, nos touristes constatent que la taverne perd complètement son aspect de bouge inquiétant. Ils commandent des œufs de thon séchés, des *cicciones* — petites boules de semoule colorée en jaune par du safran —, des crabes, du *pecorino* qui est un fromage piquant, et des gâteaux aux amandes que l'on appelle *suspirus*. Boulotte est enthousiasmée par ce premier contact avec la gastronomie sarde et loue bien haut les pirates qui ont provoqué le détournement de l'*Anthéor*. Sans eux, elle n'aurait jamais eu la chance de venir dans cette taverne de la Méduse.

— Et maintenant, dit Ulysse Patatrasse, allons prendre un *espresso* — ou café noir — à une terrasse.

Ils en trouvent une sur la piazza Costituzione et, en attendant l'heure de téléphoner, regardent les passants et les autres touristes. Près d'eux est assis le passager à chemise bariolée, non loin de la grosse dame qui a fait l'emplette d'un chapeau de paille orange. Cinq minutes plus tard, ils voient passer le peintre, son chevalet sur l'épaule. Ficelle se penche vers Françoise :

— Tu as vu ? On croirait que tous les passagers de l'*Anthéor* se sont donné rendez-vous ici.

— C'est vrai. Mais il manque le nommé Paolo.

— Ah ! oui, le chef des pirates ? Tu m'as dit qu'il

était parti sur le bateau à voiles. Alors, il ne peut pas être ici.

— Évidemment.

Ficelle médite un moment, puis déclare d'un ton sentencieux :

— S'il n'est pas ici, c'est qu'il est ailleurs.

— Tu viens d'énoncer une belle et grande vérité, Ficelle. Mais la Méditerranée est vaste, tu sais ?

Ficelle replonge dans sa méditation, plisse son front et demande :

— Tu n'as aucune indication sur la direction qu'ils ont prise ? Aucun indice ?

— Non... Quoique...

Françoise à son tour se met à réfléchir. Elle murmure :

— Mais si... mais si ! Cette nuit, un des pirates a dit quelque chose comme « Il faut que nous soyons avant le lever du jour à... » Voyons... Quel nom était-ce ?... Terriblo ? Non, Terrifio. C'est ça !

M. Patatrasse lève le nez d'un journal qu'il vient d'acheter pour y chercher des nouvelles du Vésuve.

— Vous dites, Terrifio ? Cela me dit quelque chose... Je crois que c'est une petite bourgade dans le Sud. Voulez-vous que nous demandions au garçon ?

— Oui, s'il vous plaît. Et je voudrais savoir s'il y a moyen de s'y rendre.

Le garçon s'approche et fournit le renseignement :

— Terrifio, c'est un village à quarante kilomètres d'ici. Pour y aller, vous avez l'autocar. Il y a une ligne qui part de la place Matteotti, devant la gare.

Les narines de Ficelle frémissent. Elle regarde Françoise avec un air de triomphe et s'écrie :

— Je l'avais dit ! Je me doutais bien qu'il y aurait un indice, une piste pour retrouver les pirates. Ils ont dû cacher les caisses de diamants à Terrifio !

— Je te répète que ce sont des caisses d'or.

— C'est pareil ! Allons à Terrifio tout de suite ! Nous retrouverons les caisses et le quartier général de la Sulfata !

— La Sulfura.

— Tu m'as dit que c'était la Sulfata qui dessinait des mains jaunes partout.

— J'ai dit la Sulfura, et je t'offrirai un débouche-oreilles pour ta fête.

Mais Ficelle s'est déjà levée, pleine de fougue à l'idée de combattre les terribles bandits sardes, dont la réputation est au moins aussi flatteuse que celle des bandits siciliens. Françoise l'arrête.

— Attends une seconde ! Il faut d'abord que nous téléphonions à l'ingénieur Coquetier. La ligne doit être libre maintenant.

Ils quittent la terrasse. Si à cet instant ils avaient l'idée de se retourner, ils pourraient voir un homme au teint bronzé, vêtu d'un costume clair, qui s'approche du garçon, lui glisse un billet de mille lires dans la main et demande à mi-voix :

— Qu'a dit la gamine ?

— Elle voulait savoir où se trouve Terrifio.

— Et puis ?

— Comment faire pour s'y rendre. J'ai répondu qu'il y avait des autocars.

— Bien. Oublie que tu m'as vu.

L'homme s'éloigne discrètement, comme il est venu. Le savant et les trois filles reviennent vers le corso Vittorio Emanuele, s'assurent que le commissaire de l'*Anthéor* est parti, puis entrent dans le bâtiment des téléphones. Cinq minutes plus tard, ils apprennent que l'ingénieur Coquetier, très fatigué, est toujours sous l'effet de somnifères. Françoise est très déçue.

— C'est bien dommage... Enfin, débrouillons-nous pour récupérer l'or. Vous voulez bien nous accompagner, monsieur Patatrasse ?

— Bien sûr. J'aurai peut-être l'occasion de voir en cours de route quelques curiosités archéologiques.

— Et moi, dit Ficelle, j'aurai sûrement la chance de voir des bandits sardes. Je vérifierai s'ils ont bien des chapeaux pointus, des bandelettes autour des mollets et des tromblons. Je sens que je vais avoir une peur fantas !

Chapitre 11

Le nouraghe

L'autocar doit partir à 3 heures de l'après-midi, mais il faut attendre la demie pour voir apparaître le chauffeur. Il sort d'un bar où il a pris deux ou trois rafraîchissements en vue d'un trajet sous un soleil équatorial.

La traversée de la ville se fait sans encombre, les rues étant à peu près désertes en ce milieu de journée. Ficelle agite un prospectus touristique pour s'éventer ; Boulotte grignote des *caschettas* ; Françoise dort, comme si les bandits ne l'intéressaient absolument pas. Quant à M. Ulysse Patatrasse, il est plongé dans la lecture d'un petit livre qui traite de l'archéologie en Afghanistan.

Le car traverse les faubourgs de Cagliari, longe les miroirs éblouissants des marais salants, s'engage sur une route asphaltée belle mais sinueuse, louvoyant à la surface d'une terre ocre parsemée des touffes vert sombre de lentisques. Dans les vallonnements, entre des bois de chênes-lièges ou sur des crêtes chauves, on découvre les taches grisâtres des troupeaux de moutons. De temps en temps, le car s'arrête dans un village blanc, aux maisons basses couvertes de tuiles romaines, qui semble déserté par ses habitants. On trouverait de semblables villages en Sicile, en Grèce, en Espagne, dans tous les pays bordant la Méditerranée.

Françoise rouvre soudain les yeux quand le lourd véhicule fait une brusque embardée. Il vient d'être frôlé par une Ferrari bleue qui l'a doublé avec un ronflement d'avion. Le chauffeur du car lance quelques injures sardes à l'adresse du bolide qui s'efface prestement à l'horizon.

C'est le seul incident du trajet. Une demi-heure plus tard, le car s'engage dans une série de boucles serrées qui grimpent à l'assaut d'une colline, puis s'arrête au sommet, dans un village dominant la mer : Terrifio. Nos quatre voyageurs sont les seuls à descendre.

Ils se trouvent sur une place carrée, brûlée de soleil. Une église couleur de sable, des maisons à un seul étage, une fontaine près d'un palmier. Sous l'ombre de ce palmier stationne une voiture : la Ferrari bleue.

En repartant, l'autocar soulève un nuage de poussière sèche, âcre. Boulotte fait claquer une langue râpeuse comme une feuille de papier de verre.

— J'ai une soif tropicale ! On trouverait peut-être quelque chose de frais là-dedans...

Elle désigne un mot peint au-dessus d'une porte : *Albergo*. Le savant approuve en s'essuyant le front avec son mouchoir.

— Voilà une bonne idée. Allons-y !

Ils traversent la place. Devant la porte de l'auberge, un gamin assis sur une marche joue aux osselets. Nos voyageurs franchissent le rideau en perles de bois colorées qui masque l'entrée. Il leur faut un moment pour que leurs yeux s'habituent à la pénombre. Puis ils découvrent des tables, des bancs, et s'asseyent. Le patron a quitté son comptoir, souriant, et fait un commentaire de circonstance sur la température extérieure.

— Il fait chaud, pas vrai ?

Lorsqu'il a apporté quatre orangeades glacées et regagné son comptoir, Ficelle prend un air de conspirateur et demande à voix basse :

— Maintenant, par où allons-nous commencer notre enquête ? Nous ne pouvons pas interroger tous les habitants de ce village pour leur demander où se trouvent les caisses d'or ?

Le vulcanologue sourit.

— Cela me paraît difficile, en effet. Mais nous pourrions essayer de poser une ou deux questions à l'aubergiste...

Françoise s'est déjà levée. Elle s'approche du comptoir et dit :

— Nous faisons une petite enquête sur les coutumes locales, et nous avons entendu parler de la société secrète qui s'appelle la Sulfura. On nous a dit qu'il y a des sulfuri dans la région... Est-ce vrai ?

Le visage de l'aubergiste se ferme. Il hausse les épaules, grogne :

— *La Sulfura ? Non so.*

— Comment ? Vous ne savez pas ? Mais il paraît que c'est aussi célèbre ici que la Mafia en Sicile ou le Ku Klux Klan en Amérique !

Il secoue la tête et se plonge dans la lecture d'un journal de sports. Françoise se mord les lèvres et revient s'asseoir en murmurant :

— Évidemment, il ne veut pas se compromettre. S'il bavardait, la Sulfura pourrait lui causer des ennuis.

— Alors ? demande le savant.

Françoise hoche la tête et propose d'aller faire un tour au-dehors. Comme ils repassent la porte, une petite voix appelle :

— Hé ! Pssst ! Je peux vous renseigner, moi.

C'est le gamin, caché derrière des caisses vides. Françoise et ses amies s'approchent. Peut-être vont-elles apprendre quelque chose d'intéressant. La brunette demande :

— Tu connais la Sulfura ?

— Non, mais on m'en a parlé.

— Bon, je t'écoute.

— Eh bien, il y a une main jaune près d'ici...

— Ah ! c'est intéressant, ça... À quel endroit ?

— Dans un nouraghe. Elle est peinte à l'intérieur.

Ficelle fronce les sourcils.

— Un quoi ? Que dit-il ?

L'archéologue a entendu les paroles du gamin. Il explique :

— Il s'agit d'une sorte de tour en pierres massives qui servait de refuge aux Sardes des temps anciens.

Une sorte de forteresse. Il en reste encore six mille en Sardaigne.

Françoise demande :

— Dis-moi, petit, ce nouraghe, où se trouve-t-il ?

— Derrière l'église, après la sortie du village.

— Merci.

Ficelle se frotte les mains.

— Je crois que, cette fois, nous touchons au but. Nous allons trouver les caisses d'or et de diamants dans ce nou... noura... nougat...

— Espérons, dit Françoise, que nous ne trouverons pas aussi quelques balles. Ces braves sulfuri pourraient bien s'amuser à nous tirer dessus.

— Hein ? Tu crois ?

— Je le suppose. Si le nouraghe sert de repaire aux hommes de la Main Jaune, je doute fort qu'ils nous laissent emporter l'or comme si c'était un paquet de bonbons.

— Quel genre de bonbons ? coupe Boulotte.

Ficelle se tourne vers M. Patatrasse, peu rassurée par ce qu'elle vient d'entendre. Elle demande :

— Vous croyez qu'il y a du danger, monsieur ?

— Je l'ignore. Si quelqu'un nous menace, nous ferons demi-tour, voilà tout.

Nos voyageurs se dirigent vers l'extrémité du village. Ils se trouvent alors au sommet d'un plateau d'où l'on découvre la mer, coupé net sur un bord par une falaise. En contrebas, à un kilomètre de distance, une île brune, jaune et mauve se détache sur le vert émeraude de l'eau. Françoise s'arrête et regarde l'île avec un sentiment bizarre. Elle murmure :

— Tiens ! C'est curieux... J'ai l'impression *d'être déjà venue ici...*

Ficelle sursaute.

— Moi aussi ! Il me semble reconnaître ce paysage... Pourtant, c'est la première fois que je le vois...

Boulotte également paraît intriguée. Elle interrompt la dégustation d'un gâteau au miel pour dire :

— Moi, je connais ça... En tout cas, ça me dit quelque chose.

Ficelle se gratte le bout du nez et déclare :

— Je pense que j'ai une explication. Nous avons vu ce paysage en rêve. Pendant que notre corps était au lit, notre esprit venait se promener sur cette falaise.

Très contente de cette solution poétique, Ficelle reporte sa vue sur le nouraghe. L'antique monument s'élève à une centaine de mètres plus loin, isolé, sur le plateau. Une sorte de tour basse, conique, ayant à peu près la forme d'un pâté de sable, formée de grosses pierres empilées sans mortier. Des plantes grimpantes s'accrochent aux aspérités des moellons, À la base s'ouvre un trou noir que l'archéologue désigne du doigt.

— Voici l'entrée. Si vous voulez bien me suivre...

Ficelle hésite et demande à Françoise :

— Tu dis que ces pirates pourraient être là-dedans ? Ils doivent nous avoir vus, maintenant... Ils vont nous tirer dessus avec leurs tromblons ?

— Mais non, ma grande ! Il n'y a aucun danger. Tout à l'heure, je plaisantais.

— Ah ? Alors, j'aime mieux ça...

Et les trois filles emboîtent le pas à l'archéologue

qui marche d'un pas décidé vers l'édifice. Ficelle ralentit néanmoins en approchant du trou noir et risque un coup d'œil avec précaution pour inspecter l'intérieur.

— Je vois un couloir... Ça m'a l'air vide... Rien que des vieilles pierres...

— Entrez ! Entrez donc ! crie l'archéologue qui s'est déjà engouffré à l'intérieur.

Les trois filles entrent dans la construction et longent le couloir voûté qui traverse l'épaisseur de la muraille. Elles débouchent à l'intérieur et découvrent alors un second édifice semblable au premier, mais évidemment plus petit, puisque contenu dedans. Ficelle commente :

— En somme, un nouraghe, c'est un grand seau posé sur un petit seau. Et nous, nous sommes entre les deux.

Elles se trouvent en effet dans une sorte de couloir circulaire, de deux mètres de large. Le sol est parsemé de pierres tombées sinon du toit — qui a disparu depuis des siècles —, du moins de la partie supérieure du nouraghe qui est à ciel ouvert. M. Patatrasse est à son affaire dans ces pierres antiques. Et il se lance dans une conférence, comme s'il se trouvait dans une salle remplie d'étudiants :

— On a pu dire à juste titre que la civilisation de la Sardaigne est celle du nouraghe. Ce sont là des monuments fort anciens, déjà connus lors de l'invasion romaine et...

Brusquement, Françoise pointe son index vers la paroi.

— Là ! Regardez ! La Main Jaune !

Sur une des plus grosses pierres, quelqu'un a peint en jaune l'image d'une main gauche. La peinture est brillante. Françoise approche son nez de la muraille et flaire comme un chien de chasse. Elle touche la surface jaune, étouffe une exclamation. Un peu de couleur reste sur son doigt.

— C'est de la peinture fraîche. Ça vient d'être fait...

À cette seconde, un déclic se produit dans son esprit, qui l'avertit d'un danger immédiat. Une sorte d'instinct lui commande de lever la tête... Sans même prendre le temps de penser, elle se jette sur Ficelle, la bouscule brutalement, ce qui la fait dégringoler sur le dos. Il se produit un choc brutal et un nuage de poussière envahit le couloir. La grande Ficelle se met à hurler de douleur, frappée à la jambe par un éclat du bloc de pierre qui vient de tomber du ciel !

En regardant vers le haut, Françoise entrevoit la tête d'un homme juché au sommet de la tour extérieure. C'est lui qui vient de faire choir le moellon. Sans le réflexe foudroyant de la brunette, elle et Ficelle eussent été écrasées...

L'homme a disparu, mais Françoise a eu le temps de le reconnaître : Paolo. Elle est sur le point de sortir du nouraghe pour contre-attaquer, quand un gémissement la retient.

Ficelle crie :

— Françoise ! Boulotte ! Il y a un morceau de caillou qui m'a écrabouillé le pied !

M. Patatrasse, qui a déjà fait le tour du nouraghe,

arrive en courant, le mouchoir à la main. Tout le monde s'empresse autour de la grande Ficelle qui pousse de lamentables ouille ! et houlà ! en se frottant la cheville. Françoise s'agenouille.

— Ça te fait mal ? À quel endroit ?

— Ici.

— Voyons...

Elle touche légèrement la cheville de Françoise, ce qui lui arrache un cri de douleur.

— J'ai la jambe cassée ! Je suis sûre que j'ai la jambe en mille morceaux !

— Attends ! ne bouge pas... Je vais d'abord enlever ta chaussure.

Avec d'infinies précautions, elle la déchausse, puis tâtonne du bout des doigts, vérifiant la position des tendons et des os.

— Tu n'as rien du tout, ma grande. Tu as reçu un coup, et tu auras un bleu.

— Mais ça me fait mal !

— Bien sûr. Mais demain tu n'y penseras plus.

Pendant que Françoise s'occupe de Ficelle et que Boulotte dévore une banane pour reprendre des forces, M. Patatrasse examine la pierre qui a roulé sur le sol. Il déclare :

— C'est un curieux hasard, que Mlle Ficelle se soit trouvée juste au point de chute de cette pierre.

— Un hasard qui a été beaucoup aidé par le chef de la Sulfura.

Le savant sursaute.

— Comment ? Paolo a fait tomber ceci ? Vous l'avez donc vu ?

— Je viens de l'apercevoir. Il était là-haut.

— Hein ? Mais il faut lui courir après !

— Trop tard. Il doit être déjà loin.

— Ah ! c'est dommage.

Ils sortent du nouraghe, reprennent le chemin du village.

Ficelle, qui exagère son mal, s'appuie lourdement sur Boulotte et Françoise. Entre deux gémissements, elle dit :

— Dans le fond, je n'avais pas tellement tort en pensant que les pirates pouvaient être cachés dans cette tour. J'avais même formidablement raison !

— Oui, dit la brunette. Les touristes ne sont pas tellement bien traités, dans ce coin. Il faut dire que nous sommes des touristes d'un genre un peu particulier...

Ils repassent à l'endroit d'où ils ont observé la mer. Françoise murmure :

— Décidément, je suis sûre d'avoir vu ce paysage quelque part. Mais je n'arrive pas à me rappeler où...

Ils reviennent sur la place du village. La Ferrari bleue a disparu en emportant sans doute Paolo. Le gamin est parti, lui aussi. C'est évidemment sur l'ordre du bandit qu'il avait envoyé, sans s'en douter, les voyageurs vers un piège.

Le vulcanologue se laisse tomber sur un banc de pierre, à l'ombre d'un palmier, et sort son mouchoir pour s'éponger le front. Il reste une demi-heure d'attente avant que le car ne repasse. Ficelle est sombre. Elle gémit :

— Nous n'avons trouvé ni or, ni diamants, nous

n'avons pas découvert le repaire des sulfisti... salsifi... et j'ai la patte en morceaux... Échec total !

— Il ne faut pas te décourager si vite, dit Françoise. Puisque ces messieurs de la Sulfura se sont attaqués à nous, c'est très bon signe.

— Ah ? Tu crois ?

— Oui. Ils cherchent à nous éliminer parce que notre action les dérange. Cela prouve que nous sommes sur la bonne voie.

— Alors, si je comprends bien, tu te réjouis parce que l'on essaie de nous assassiner ?

— Parfaitement !

— Ah ! là ! là ! quel dommage que Fantômette ne soit pas ici pour nous aider. Avec elle, il n'y aurait plus aucun danger !

Et Ficelle pousse un soupir qui fait voler la poussière. Un moment après, l'autocar débouche sur la place, ronflant et cahotant. Nos voyageurs y montent, et une heure plus tard débarquent au centre de Cagliari. Ficelle, poussant toujours des plaintes destinées à apitoyer son entourage, se fait conduire dans une pharmacie où on lui applique de la pommade et un gros pansement. De retour à l'hôtel, elle se couche, demande une tisane calmante, et un silence complet.

— Une grande accidentée comme moi a besoin de repos médical et d'une épaisse couche de tranquillité.

Laissant la blessée faire sa cure dans son lit, M. Patatrasse descend au salon avec un livre de géologie, Boulotte va acheter une crème à la pistache et Françoise retourne dans sa chambre pour réfléchir.

Elle s'assied dans un fauteuil, déplie sa carte de la Méditerranée et la regarde distraitement, en chantonnant « J'ai du bon tabac ».

Au bout de quelques minutes, elle arrête sa chansonnette et pousse un cri de surprise.

Chapitre 12

L'étrange navire

L'île de Terrifio !

Terrifio n'est pas seulement le nom d'un village, mais aussi celui de l'île que l'on aperçoit au large de la falaise. Maintenant, Fantômette comprend ce que le pirate a voulu dire pendant l'attaque de l'*Anthéor*, quand il a murmuré : « Il faut que nous soyons à Terrifio avant le lever du jour. » Il s'agissait de cette île qui apparaît sous la forme d'un petit point sur la carte. Qui sait si les caisses d'or n'y sont pas cachées ?

Fantômette fait claquer ses doigts en s'exclamant :

— Mille pompons ! Quel dommage que je n'aie pas trouvé ça plus tôt ! J'aurais emporté le canot pneumatique, et au lieu d'aller perdre mon temps dans ce maudit nouraghe, j'aurais visité l'île... Mais enfin, rien n'est perdu. Je vais retourner là-bas.

Elle remet sur son nez ses lunettes noires, cache de nouveau sa chevelure sous un foulard, sort de sa chambre et quitte discrètement l'hôtel Rossini. Elle longe les arcades de la via Roma rougies par un soleil couchant qui allonge l'ombre des palmiers. Puis elle s'approche des quais et découvre une silhouette familière, celle du peintre chanteur, debout devant son chevalet. Comme d'habitude, il fredonne un air napolitain en maniant un pinceau. Et la toile qu'il barbouille est toujours la même : un paysage marin représentant une île.

Fantômette s'arrête, considère le tableau un instant et fait : « Oh ! »

— Mais oui ! C'était ça ! Ah ! je savais bien que je connaissais ce paysage... Il a peint l'île de Terrifio... C'est exactement la vue que l'on a depuis le haut de la falaise.

Elle reprend sa route, puis s'arrête de nouveau.

— Mille pompons ! Pourquoi peint-il continuellement cette toile ? Oui, il y a là quelque chose d'étrange. j'ai une furieuse envie de demander une petite explication à ce peintre. Pourquoi pas, après tout ? Il ne va pas me manger !

Elle revient sur ses pas, s'approche de l'artiste.

— Je vous prie d'excuser mon indiscrétion, monsieur, mais j'aimerais vous poser une petite question.

Le peintre lève son pinceau, regarde Fantômette et sourit.

— Je vous écoute.

— Puis-je savoir pourquoi vous vous installez sur ce quai afin de peindre une île qui est à quarante kilomètres d'ici ?

Le peintre éclate de rire.

— Ha ! ha ! Vous êtes au moins la dixième personne qui me demande cela ! Les gens s'étonnent de me voir représenter un paysage que je n'ai pas sous

les yeux. Je vais vous donner la réponse. C'est bien simple : je peins de mémoire. J'ai vu l'île une seule fois, il y a cinq ou six mois, et j'en ai gravé les moindres détails dans ma tête.

— Vous auriez donc pu rester dans votre cabine de l'*Anthéor* pour travailler ?

— Sans doute. Mais je préfère me mettre au grand air. C'est tellement plus agréable... Et puis l'*Anthéor* n'est plus là...

Fantômette tourne la tête vers le large. Le paquebot a levé l'ancre et poursuivi son voyage vers la Sicile.

— Vous avez donc interrompu votre croisière, monsieur ?

— Oui. Tout comme vous. La Sardaigne est un beau pays, n'est-ce pas ? Pourquoi aller plus loin ?

Il se remet à peindre, et Fantômette n'insiste pas. Son esprit revient au projet qu'elle a formé. Il lui faut trouver un moyen d'atteindre l'île de Terrifio, donc un bateau. Elle s'avance jusqu'au bord du quai, là où les douaniers font les cent pas en bavardant avec les *bersaglieri*, c'est-à-dire les gendarmes. De quoi parlent-ils ? Elle tend l'oreille et saisit au vol un nom : *Sulfura*. Évidemment, tout Cagliari est au courant du vol de l'or. Reste à savoir quels sont les éléments dont dispose la police pour retrouver la précieuse cargaison de l'*Anthéor*. Qui pourrait se douter que les pirates, après leur coup de main, se sont rendus dans l'île de Terrifio ?

Elle parcourt les quais, au long desquels sont amarrés des voiliers ou des vedettes de plaisance aux peintures fraîches, aux cuivres bien astiqués. Contrastant avec l'aspect coquet de ces unités qui brillent sous le soleil au déclin, un navire d'allure douteuse vient d'entrer dans le port. La coque, assez sale, est marbrée de grandes taches verdâtres sans doute produites par de la mousse. Les marins replient des voiles grises ou brunes, rapiécées en maints endroits.

Sur le pont s'entassent des toiles informes et des filets auxquels s'accrochent encore des goémons.

— Eh bien, il aurait besoin d'un sérieux coup de balai !

Fantômette examine le bâtiment pendant un moment, avec un curieux sentiment de malaise. Elle ressent la même impression que lorsqu'elle a découvert l'île du haut de la falaise : une sensation de *déjà vu.* Elle reporte son regard sur un des bassins du port où s'agglutinent des bateaux de pêche. Adossés contre des barques tirées à sec, quelques pêcheurs conversent en roulant des cigarettes. Fantômette s'approche d'eux, demande s'il existe un moyen pour se rendre à Terrifio. Elle apprend qu'un service de vedettes permet de côtoyer le Sud de la Sardaigne, mais seulement dans le milieu de la journée.

— Et cette nuit ? Il n'y a pas moyen d'aller là-bas ?

Un pêcheur hoche la tête.

— Cette nuit, non. Mais à l'aube, l'un de nous doit aller pêcher là-bas. Sebastiani, je crois.

Oui, au petit jour, le pêcheur Sebastiani ira jeter ses filets au-delà du cap Carbonara. En cours de route, il pourra déposer sa passagère sur Terrifio. Rendez-vous est pris pour quatre heures du matin, et Fantômette fait demi-tour pour regagner l'hôtel Rossini.

Le bateau crasseux — comme elle l'a surnommé intérieurement — est maintenant à quai. Malgré une traînée de goudron qui macule la proue, elle peut en déchiffrer le nom : *San Pancrazio*. L'équipage a disparu. Les marins se sont probablement dispersés dans les diverses tavernes du port pour y déguster un *zimino*, l'équivalent de la bouillabaisse. Seul reste à bord un homme accoudé à la rambarde. Un homme au teint bronzé, que Fantômette reconnaît aussitôt, non sans surprise.

— Paolo ! Le chef des sulfuri... Il ne se cache donc pas ? Et ce bateau... Oh ! je le reconnais, maintenant ! C'est le navire pirate qui nous a attaqués ! Il navigue tranquillement, en toute liberté ?

Sidérée par l'audace des gens de la Main Jaune, elle fait rapidement demi-tour et s'éloigne à grands pas, en jetant un coup d'œil rapide par-dessus son épaule pour s'assurer que Paolo ne l'a pas vue.

— Il faut que je prévienne la police, et vite ! Personne ne se doute que les pirates sont ici !

Au cours de l'après-midi, elle a repéré une porte surmontée de l'inscription *Polizia*. Elle entre en trombe, se précipite vers un brigadier assis derrière un bureau, qui lit la page sportive de la *Gazetta della Sera*.

— Vite, vite, *signore* ! Le navire qui a attaqué l'*Anthéor* la nuit dernière est dans le port ! C'est le *San Pancrazio*. Le chef de la Sulfura est à bord. Un nommé Paolo. En vous dépêchant, vous pouvez arrêter toute la bande ! Le brigadier a écouté les paroles de Fantômette avec une vive surprise. Il ouvre la bouche, la referme, pose son journal, regarde la visiteuse sous le nez, puis met ses deux mains sur son ventre et éclate de rire.

— Ha ! ha ! ha ! Le signor Paolo, chef de la Sulfura ! Le *San Pancrazio*, un navire pirate ! Ha ! ha ! Dans quoi avez-vous lu ça ? Dans *Il Piccolino*, sans doute ? C'est le petit illustré que mon fils lit chaque semaine.

Fantômette fronce les sourcils.

— Non, en France on ne lit pas *Il Piccolino.*

— Ah ! vous êtes une petite Française ? Votre papa ne devrait pas vous laisser regarder trop longtemps la télévision. Il y a belle lurette qu'on ne trouve plus de bandits en Sardaigne. Pas plus qu'en Corse ou qu'en Calabre. Il y en avait autrefois, c'est vrai. Mais tout cela n'existe plus.

Fantômette est stupéfaite.

— Mais enfin, brigadier, allez-vous m'expliquer ?

— Expliquer quoi ? Hé, ma petite, il n'y a rien à expliquer. Le *San Pancrazio* est un bon vieux rafiot célèbre sur toute la côte pour sa crasse. Aussi crasseux que Tortoli, son capitaine. Quant à Paolo Mustazzoli, ce n'est certainement pas le chef de la Sulfura. D'abord, la Sulfura n'existe pas. Ensuite Mustazzoli est un honnête homme d'affaires, que tout le monde connaît également.

— Quel genre d'affaires ?

— Il dirige la société commerciale Eurafrica. Il

exporte de l'huile, du vin, et il importe des autos ou des tracteurs.

— Mais il était à bord de l'*Anthéor,* avec moi. Je l'ai vu de mes yeux attaquer l'équipage et s'emparer des caisses d'or.

— *Madonna !* Quelle imagination, cette gamine ! Je te le dis, ma petite, tu regardes trop souvent la télé !

Fantômette tape du pied, furieuse.

— Mais enfin, vous n'allez rien faire ? Téléphoner à vos supérieurs ? Arrêter ce Paolo ?

— Oh ! là ! là ! Comme tu y vas ! Tu veux que je me fasse ridiculiser ? Non, si tu m'avais signalé un inconnu suspect, dans ce cas j'aurais pu faire ouvrir une enquête. Mais le signor Mustazzoli avec qui j'ai encore fait une partie de cartes la semaine dernière, non, vraiment. Enfin, je veux bien établir un rapport, puisque c'est le règlement... Voyons... Tu n'es pas venue toute seule ici ? Quelqu'un t'accompagne ?

— Oui. Deux amies et un vulcanologue français.

— Bon.

Il ouvre un registre, prend une plume.

— Tu vas me donner ton nom... Tu as une pièce d'identité sur toi ?

Comme aucune réponse ne vient, il lève les yeux de son registre. Fantômette a disparu.

Il repose sa plume, hausse les épaules et se replonge dans sa page sportive.

*
* *

— Alors, Ficelle, tu restes au lit ou tu viens dîner ? Il est neuf heures et demie. C'est l'heure à laquelle on prend le repas du soir, dans ce pays.

Ficelle pousse un soupir à fendre une montagne de granit.

— Bien que je sois fortement accidentée, je vais faire un effort titanesque pour sortir de mon lit.

— Dépêche-toi ! Boulotte et M. Patatrasse sont déjà à table.

Françoise sort de la chambre et descend dans la salle à manger de l'hôtel. Boulotte dilate en grand ses narines pour humer le fumet qui se dégage d'un plat garni de *culinzoni* (des petites pâtes fourrées de viande), de saucisses, d'olives et de blettes accompagnées de sauce tomate.

Ficelle apparaît, marchant d'un pas nonchalant, la tête penchée, l'œil éteint, les gestes ralentis. Elle s'assied mollement, murmure d'une voix faible :

— Espérons que je vais reprendre des forces. Je me sens si lasse ! Je n'ai pas d'appétit...

— Tu n'as pas d'appétit ? dit Boulotte. Eh bien, moi j'en ai pour deux. Et si tu ne te sers pas, le plat va te passer sous le nez.

La grande affligée consent alors à se servir. Et comme par miracle, son appétit revient dès qu'elle a avalé la première bouchée. Elle boit du sastelsardo comme un troupier, prend une double ration de melon

vert, à la grande surprise de Boulotte qui découvre soudain une concurrente inattendue.

— Je croyais que tu n'avais pas faim, Ficelle ?

— Non, mais je me force. Quand on est convalescente comme moi, il faut absorber des calories pour tuer les microbes.

Le dîner se prolonge par une longue conversation qui permet à Ficelle d'exposer le plan qu'elle a imaginé lorsqu'elle était au lit, souffrant mille morts :

— Il faut tendre un piège subtil à la Sulfura. Nous pourrions leur faire croire que Françoise est une riche héritière. Par exemple, la fille du roi d'Angleterre. Ils l'enlèveraient pour obtenir une rançon. Mais moi, je serais cachée dans un endroit invisible, et je verrais tout à travers un trou de serrure. Il ne me resterait plus qu'à suivre les ravisseurs pour connaître leur repaire. C'est un plan astucieux, non ?

Le plan astucieux ne paraît pas soulever l'enthousiasme de Françoise.

Elle demande :

— Pourquoi ne serait-ce pas toi qui serais enlevée ?

— Oh ! moi, j'aurais bien trop peur ! Et suppose que tu n'arrives pas à payer ma rançon ? Ils me feraient des choses épouvantables... Ils me tortureraient, ils me couperaient les cheveux...

S'étant elle-même effrayée par cette sinistre perspective, Ficelle décide d'aller se coucher très vite, pour pouvoir fourrer sa tête sous les draps.

Le géologue approuve.

— La journée a été longue, il est temps d'aller au

lit. Demain nous imaginerons un autre plan encore plus astucieux.

Ils sortent de la salle à manger, se souhaitent une bonne nuit. Sur le seuil de sa chambre, Ficelle retient Françoise.

— Attends une seconde... Je voudrais que tu entres avec moi...

— Pourquoi ?

— J'ai peur qu'il n'y ait un sulfuro dans ma chambre. On ne sait jamais... Peut-être que Paolo est revenu pour se cacher sous le lit.

— Que tu es bête, ma grande Ficelle !

— Ah ! là ! là ! On voit bien que tu n'as pas été victime d'un terrible attentat !

— Bon, je t'accompagne.

Françoise entre la première, allume l'électricité. La chambre est parfaitement vide. Avec précaution, Ficelle entre à son tour, ouvre les armoires, puis saisit sa lampe brevetée et inspecte le dessous du lit.

— Ouf ! Me voilà rassurée. Pas plus de brigand que de beurre sur mon nez.

— Elle marche bien, ta lampe. Fais-la voir un peu.

— Ah ! oui, elle marche bien. Une lampe universelle japonaise. Tu vois, on peut enlever le fond qui forme taille-crayon. À l'intérieur ; il y a un tournevis...

— Je vois...

— Et si tu retires la pile et l'ampoule, tu obtiens une lunette d'astronomie pour observer les habitants de la planète Mars. C'est sensas, hein, Françoise ?

— Oui. Si en plus ça pouvait laver la vaisselle en

jouant de la musique, ce serait parfait. Tu me la prêtes ?

— Si tu veux. Qu'est-ce que tu veux en faire ?

— Vérifier s'il n'y a pas un brigand dans ma chambre.

Chapitre 13

Prisonnière

Fantômette se dirige vers les quais. La nuit est tombée depuis longtemps, mais des enseignes au néon s'ajoutent aux lumières des réverbères pour éclairer la rue a *giorno*. Sur les trottoirs, de petits groupes de promeneurs flânent en profitant de l'agréable tiédeur nocturne.

Le peintre n'est plus sur le quai. Son tableau est-il enfin terminé ? Peut-être l'artiste est-il tout simplement allé se coucher.

La jeune aventurière s'éloigne des lumières pour entrer dans une zone plus sombre jalonnée par des amoncellements de caisses et de tonneaux. Elle repère le *San Pancrazio* ancré à quelques brasses du quai. D'un mouvement rapide, elle revêt son costume de soie noire, rouge et jaune qu'elle a apporté dans un sac de plage, glisse dans une poche secrète la lampe brevetée. Puis elle défait un paquet contenant un canot pneumatique, le gonfle, le met à l'eau et se glisse dedans. Le seul témoin de son embarquement est un chat aussi noir que la nuit, qui s'est perché sur une barque retournée pour s'y faire les griffes.

Fantômette plonge une pagaie dans l'eau, se propulse vers le *San Pancrazio*. Il doit y avoir quelqu'un à bord, car la lumière ronde d'un hublot brille sur la coque, à un mètre au-dessus de la ligne de flottaison. Sans faire le moindre clapotis, elle se rapproche du navire. La nuit est tiède, l'air immobile. Un croissant de lune, fixé à la verticale du port, se reflète à mi-distance entre le canot et le navire pirate.

Quelques instants plus tard, la légère embarcation touche la coque du *San Pancrazio*. Fantômette s'arrête juste sous le hublot, puis se relève lentement et regarde à travers.

Deux personnages se trouvent dans une cabine, assis devant une table sur laquelle est étalée une carte marine, à côté d'une bouteille de rhum. L'un est Paolo, toujours vêtu de son costume clair. L'autre, un gaillard trapu et large d'épaules, dont la barbe broussailleuse et les cheveux emmêlés paraissent peu familiarisés avec l'usage du peigne. Il porte une casquette sur l'oreille gauche et un uniforme qui a peut-être été blanc en un temps très reculé, auquel les ans ont conféré une teinte assez proche du gris souris.

« Probablement le capitaine Tortoli », pense Fantômette. Supposition aussitôt confirmée par une phrase de Paolo :

— Alors, Tortoli, que penses-tu de mon nouveau projet ?

Le capitaine se verse un verre de rhum qu'il avale d'un trait, puis allume une pipe avec un antique briquet à amadou. Il lance une épaisse bouffée de fumée en considérant la carte et répond :

— Je pense que ça peut se faire, mais c'est bien risqué !

— L'enjeu est gros.

— Je ne dis pas, mon cher Paolo. Seulement rien ne nous presse. Après le coup de l'*Anthéor*, il me semble que nous avons le temps de souffler un brin.

Paolo secoue la tête.

— Non, justement. Il faut, comme on dit, battre le fer tant qu'il est chaud. Aller de l'avant, ne pas s'endormir. C'est une garantie de succès.

— Possible. Mais il y aura des frais...

— Tu sais très bien que cette question ne compte pas.

Le capitaine Tortoli prend un compas sur une étagère, pique la pointe dans la carte et trace un cercle. Il fait la grimace.

— Une autre chose m'ennuie. La distance à parcourir. Mon rayon d'action est dans les limites de ce cercle. Ce sera juste... Et si je suis pris en chasse par des torpilleurs ou des vedettes, je n'aurai pas le temps de rejoindre la base.

— Bah ! ce sont les risques du métier, mon cher Tortoli.

Fantômette ouvre en grand yeux et oreilles, tout en regrettant l'absence du policier incrédule. S'il était là, il pourrait se rendre compte que les pirates existent bel et bien !

Le capitaine rallume sa pipe, se balance sur sa chaise et grogne :

— Ce serait pour quand ?

— Dans six jours. Le *Méhémet Ali* partira d'Alexandrie le 27 avril. L'attaque se fera ici...

Avec un crayon rouge, Paolo fait une croix sur la carte. Le capitaine réfléchit pendant un moment encore, fumant et buvant du rhum à petites gorgées. Puis il fait un signe de tête affirmatif.

— Bon, ça doit pouvoir marcher. Je forcerai un peu la vapeur.

À cette seconde, une rafale d'aboiements éclate au-dessus de Fantômette. Surprise, elle lève les yeux. À la lueur du croissant de lune, elle entrevoit une tête de chien dépassant le bord du pont. L'animal l'a découverte et appelle son maître au secours.

— Mille pompons ! Je n'avais pas prévu ça ! Il va me faire repérer, cet idiot !

Paolo et le capitaine ont aussi relevé leur regard, comme pour apercevoir le chien à travers le plafond.

— Allons voir ce qui se passe là-haut ! dit Tortoli.

Les deux hommes sortent de la cabine et disparaissent. Fantômette marque une seconde d'hésitation. Que faire ? Si elle reste dans le canot, ils ne manqueront pas de la découvrir. Elle ne peut demeurer là.

Mue par une soudaine inspiration, elle se dresse, introduit le haut de son corps dans le hublot. Elle est suffisamment mince pour passer à travers l'ouverture. Souplement, elle se glisse dans la cabine, s'approche de la table et examine la carte. Elle repère la position de la croix rouge : au milieu du détroit qui sépare la Sicile de Malte. Elle cherche ensuite où se trouve le centre du cercle tracé par le capitaine. La pointe du compas s'est enfoncée *dans l'île de Terrifio.*

— Plus de doute, maintenant. C'est bien là que se trouve leur base. Parfait ! je n'ai pas perdu ma soirée. Mais quel dommage que mon petit brigadier ne soit pas ici ! Je lui aplatirais le nez contre cette carte pour lui apprendre à me croire quand je dis quelque chose !

Ayant appris ce qu'elle voulait savoir, la jeune aventurière revient vers le hublot pour passer de nouveau à travers. Elle y est déjà parvenue à moitié, quand la voix du capitaine Tortoli s'élève. Il crie :

— Attends, Paolo ! Je vais t'apporter une lampe. Il y en a une ici.

Il fait irruption dans la cabine et pousse un cri de surprise. Mais il se ressaisit aussitôt, bondit vers Fantômette qui est presque entièrement sortie, et la tire par les pieds. Elle lance une ruade. Tortoli fait « Ouille ! », mais ne lâche pas prise. D'un coup brusque, il tire vers l'intérieur Fantômette qui tombe sur le sol, puis il appelle son complice :

— Paolo ! Viens voir ! Nous avons une visite.

L'homme au complet clair réapparaît.

— *Diavolo !* Encore elle !

— Tiens ! Tu la connais donc ?

— Oui. C'est Fantômette. Elle nous cause des ennuis depuis quelques jours. Mais puisqu'elle a eu la bonne idée de venir ici, je vais pouvoir l'éliminer une fois pour toutes.

Le capitaine Tortoli a lâché la prisonnière qui s'est remise sur pied. Elle époussette son costume en grommelant :

— Quelle poussière ! Votre bateau passe pour être

le plus sale de la Méditerranée, et je constate qu'il n'a pas volé cette réputation !

— On ne t'a pas demandé ton avis ! rugit Tortoli.

Conciliant, Paolo lève la main.

— Laisse-la dire. Nous allons lui clouer le bec tout de suite. Un bout de chaîne autour des pieds, et hop ! dans l'eau !

Le capitaine fait non de la tête.

— Pas dans le port. Ce serait trop risqué. On pourrait nous voir. Attendons plutôt d'être en pleine mer.

— Bon, comme tu voudras.

Paolo sort un revolver, désigne la porte et ordonne à Fantômette :

— Allez, passe devant ! On va te mettre au frais dans la cale, en attendant de te donner en pâture aux mérous. Tant pis pour toi ! La Main Jaune t'avait pourtant prévenue.

Fantômette hausse les épaules avec une indifférence évidente.

— Peuh ! Mon bon monsieur, si vous saviez combien de fois on m'a annoncé que j'allais rejoindre mes ancêtres ! Pourtant je suis toujours là.

— Pas pour longtemps, ma petite.

Ils longent une coursive, descendent une échelle verticale. Fantômette guette le moment où elle pourra abattre d'un coup de poing le revolver de Paolo, mais le pirate, méfiant, se tient à bonne distance. Il demande au capitaine :

— Tu as un endroit où on pourra la boucler ?

— Oui. Il y a un compartiment avec une porte solide. Par ici...

Ils parcourent quelques mètres dans la cale. Tortoli ouvre une lourde porte de fer et pousse la prisonnière dans un réduit obscur aux parois lisses, complètement vide. Il referme, tourne la clé qu'il met dans sa poche. Paolo approuve d'un signe de tête.

— Parfait ! Maintenant, je suis plus tranquille. Retournons là-haut.

Ils reviennent vers la cabine. Tortoli rallume sa pipe et demande :

— Cette Fantômette est-elle aussi dangereuse qu'on le dit ?

— Oui, et plus qu'on ne le pense.

— Pourtant, ce n'est qu'une gamine.

— Il ne faut pas s'y fier. Elle est rusée, cette coquine. Et je ne suis pas mécontent de la voir au fond d'une cale. En fait, je ne serai vraiment tranquille que lorsqu'elle se trouvera dans l'estomac d'un poisson.

Comme ils entrent dans la cabine, un bref coup de sifflet retentit. Le capitaine regarde par le hublot et aperçoit la masse noire d'un canot dont le moteur tourne à vitesse réduite.

— Voilà mes hommes qui reviennent de leur bordée en ville. Je les entends rire. Ils doivent être complètement noirs, comme d'habitude. Mais cela ne nous empêchera pas de lever l'ancre, à l'aube.

Paolo bâille.

— Bon. Eh bien, je vais me coucher. Tu me réveilleras quand nous serons en vue de l'île.

— Entendu. Dors bien.

Paolo va s'enfermer dans sa cabine, et le capitaine

surveille le rembarquement de son équipage en lançant quelques injures bien choisies, pour traiter ses hommes d'ivrognes, d'assoiffés invétérés et d'éponges à vinasse, tout en s'accrochant au bastingage, car il est lui-même fortement imbibé de rhum et maintient son équilibre à grand-peine.

S'étant assuré que tout le monde est bien revenu à bord, il s'octroie trois heures de sommeil. Puis, quand le disque orangé du soleil commence à sortir de la mer, il s'éveille frais et dispos comme s'il n'avait jamais bu que de l'eau minérale. Il lance les ordres d'appareillage à son second par l'intermédiaire d'un tuyau acoustique, monte sur le pont et allume une pipe. Vingt minutes plus tard, le *San Pancrazio* sort du port de Cagliari, entouré par toute une flottille de petites barques de pêche.

Après deux heures d'une navigation tranquille, facilitée par une brise régulière qui gonfle les voiles, le bateau pirate parvient en vue de Terrifio.

Alors, le capitaine Tortoli se rend dans la cabine de Paolo et le secoue.

— Debout, paresseux ! Nous serons bientôt à l'île. Tu veux t'occuper de la gosse ?

Paolo ouvre un œil, puis l'autre. Il grogne en se grattant :

— On ne peut pas dormir, sur ce rafiot. Il est plein de puces.

Tortoli cligne de l'œil :

— Les puces, ça se noie. Tu m'as compris ?

— Oui. En attendant, prépare-moi un petit déjeuner copieux.

— Après, après.

L'homme au visage bronzé se lève, enfile une robe de chambre et sort à la suite du capitaine. Les deux hommes descendent dans la cale. Paolo ricane :

— Obligé de me lever de bonne heure à cause de cette petite peste. Heureusement que ça ne se produira plus !

Le capitaine sort une clé, ouvre la porte et braque sa lampe électrique pour éclairer l'intérieur du réduit.

Il est vide.

Chapitre 14

L'incroyable disparition

La porte de fer s'est refermée sur Fantômette avec un claquement sec. Elle entend les pas de ses adversaires décroître peu à peu, puis c'est le silence absolu.

Dans l'espèce de cagibi où elle est enfermée, l'obscurité est totale. Elle n'a d'ailleurs besoin d'aucune lumière pour réfléchir. Prenant son parti de la situation, elle s'assoit tout bonnement par terre, les coudes sur les genoux et le menton entre les mains, puis fait fonctionner ce qu'elle a coutume d'appeler les muscles de son cerveau.

Cette gymnastique mentale lui fait analyser les événements, ce qui l'amène à une conclusion en deux points :

1° Elle doit absolument sortir de ce cagibi ;

2° Pour obtenir ce résultat, il lui faut trouver un moyen d'évasion.

Elle se relève, tâtonne contre les murs pour tâcher de découvrir quelque issue, mais se rend compte très vite que la seule sortie possible est la porte, soigneusement fermée à clé. À l'aveuglette, elle touche l'encadrement, trouve la serrure, la caresse du bout des doigts. Cette serrure est fixée au battant par des vis.

— Il suffirait de dévisser... Mais pour dévisser, il faut... *un tournevis*...

Elle sursaute.

— Mille pompons ! J'en ai un sur moi ! Je n'y pensais pas.

Elle porte vivement la main à la poche secrète de son justaucorps, en sort la fameuse lampe brevetée, l'allume.

— Ah ! on y voit un peu plus clair !

Elle retire le fond de la lampe et sort de l'ingénieux ustensile un petit tournevis. En moins de deux minutes, elle retire les vis qui maintiennent la serrure ; puis elle sort et s'amuse à remettre la fermeture en place, bien que ce soit devenu inutile. Elle remonte avec précaution, s'assurant que personne ne risque de compromettre sa fuite. En quelques instants, elle se retrouve à l'air libre, sur le pont. Le bateau est silencieux. Sourire aux lèvres, elle se laisse glisser sur le canot pneumatique qui est toujours amarré contre la coque ; elle le détache, reprend les pagaies et s'éloigne du *San Pancrazio*. Elle atteint le quai, dégonfle son embarcation en murmurant :

— Tu vas me payer ça très cher, mon bon Paolo.

Trois minutes plus tard, elle se glisse entre les caisses empilées sur les quais et se dirige vers le bassin où s'alignent les barques de pêche.

*
* *

Le pêcheur Sebastiani se tourne vers les trois hommes qui composent son équipage.

— Si la petite Française n'est pas là dans cinq minutes, je lève l'ancre.

— Tu crois qu'elle va venir, cette gamine ?

— Bah ! Je n'en sais rien. Moi, si j'avais une fille, je ne la laisserais pas se promener en pleine nuit. Mais de nos jours, il n'y a plus de parents !

— Et qu'est-ce qu'elle va faire à Terrifio ? Un bout de rocher avec des cactus dessus...

— Je ne sais pas. Les jeunes ont des idées tellement bizarres ! Tiens ! la voilà..

Fantômette arrive au pas de course, portant sous son bras le canot pneumatique dont elle semble ne plus pouvoir se séparer. Elle bondit dans le bateau et demande :

— Je ne vous ai pas retardés ?

— Non, ça va. Nous allions partir.

Les amarres sont larguées et le moteur mis en marche. Le petit bateau de pêche s'éloigne du quai et dépasse la masse du *San Pancrazio* qui se trouve toujours ancré au même point. À cette heure, les sulfuri sont encore endormis à son bord. Fantômette s'assoit sur le pont, adossée à un casier à homards, déroule le canot pneumatique pour s'en faire une couverture, abaisse ses paupières et se laisse aller au doux bercement du tangage.

Le soleil est déjà haut dans le ciel lorsqu'elle rouvre les yeux. Elle se lève, s'étire, fait quelques mouvements respiratoires pour remplir ses poumons d'un air particulièrement tonique. Elle sort d'une poche de son pantalon blanc un joli peigne d'écaille à bordure d'argent ciselé et un miroir ovale finement décoré.

— Je suis affreuse, ce matin, murmure-t-elle en remettant de l'ordre dans sa coiffure. Au bout de quelques minutes, elle s'estime plus présentable. C'est alors qu'un bruissement d'écume couvre le ronronnement du moteur. Elle tourne la tête et aperçoit à quelques encablures en arrière le *San Pancrazio* qui fend la mer, toutes voiles déployées. Le navire pirate, qui ajoute à la force du vent la poussée d'une hélice, trace un sillage qui soulève la barque de pêche comme une bouée. Debout à la barre, Sebastiani grogne :

— Ce damné capitaine Tortoli va nous faire chavirer ! Que le diable lui arrache les poils de la barbe et les remplace par des clous !

Tortoli, perché sur la dunette du *San Pancrazio*, a aperçu la barque et entrevu la silhouette de la passagère, mais sans y prêter spécialement attention. D'ailleurs, comment pourrait-il deviner que cette fille en pantalon blanc et veste bleue est la Fantômette qu'il croit détenir dans sa cale ?

Cinq minutes plus tard, le pirate contourne un promontoire rocheux et découvre l'île de Terrifio. C'est alors que le capitaine Tortoli réveille Paolo, descend jusqu'au cagibi et constate la disparition de sa prisonnière. Jurant et pestant, les deux hommes remontent sur le pont et débouchent une bouteille de rhum pour se remettre les idées en place, tandis que le navire poursuit sa route vers l'île qui n'est plus qu'à un demi-mille de distance.

La barque de pêche portant Fantômette se trouve donc en arrière du *San Pancrazio*. La jeune justicière voit le navire pirate contourner le promontoire derrière lequel il disparaît. Elle s'adresse à Sebastiani :

— L'île de Terrifio est bien de l'autre côté de ce cap, n'est-ce pas ?

— Oui. Dès que nous aurons contourné le cap, nous la verrons.

Fantômette réfléchit. Il lui faudra agir très prudemment. Les pirates vont débarquer sur l'île et ils ne manqueront pas de l'apercevoir quand elle-même tentera d'y prendre pied.

— J'aurais peut-être dû me procurer un équipement de plongée, plutôt que ce canot pneumatique. J'aurais gagné l'île en nageant sous l'eau... Enfin, on verra bien.

La barque atteint la pointe du cap, la contourne et pique droit vers l'île. Fantômette, qui s'est portée à l'avant, a un mouvement de surprise. Elle découvre le golfe de Terrifio, la falaise et l'île, mais le *San Pancrazio* a disparu !

— Voyons... Ce n'est pas possible... Il n'avait guère que sept ou huit minutes d'avance sur nous... Où est-il passé ?

Elle regarde Sebastiani qui semble lui aussi décontenancé. Il se caresse le menton avec un froncement de sourcils qui traduit sa perplexité. Fantômette lui demande :

— Où est donc le *San Pancrazio* ? Il devrait se trouver devant nous, n'est-ce pas ?

— Heu... Eh bien, oui, en effet.

— Alors, pourquoi ne le voyons-nous pas ?

— Je suppose... heu... qu'il a tourné autour de l'île, et qu'il est maintenant derrière. Oui, c'est sûrement ça.

— Aurait-il eu le temps de faire cette manœuvre ?

Le patron pêcheur hoche la tête.

— Évidemment. Sinon où voudriez-vous qu'il soit ? Il ne s'est pas envolé, hein ? À moins qu'il n'ait coulé subitement... Non, il se cache derrière l'île. C'est évident.

Fantômette prend une décision.

— Pour en être sûr, le mieux est d'y aller voir.

— Je croyais que vous vouliez débarquer ?

— Oui, mais je veux d'abord tirer cette affaire au clair.

— Oh ! c'est tout vu. Ce bon vieux rafiot est de l'autre côté. Mais allons-y voir si vous y tenez.

La barque de Sebastiani décrit un large cercle autour de l'île. Quand le cercle est complet, Sebastiani pousse un juron, ôte son bonnet et le jette sur le pont d'un geste rageur.

— *Madonna !* Je n'y comprends rien ! C'est de la magie, de la sorcellerie ! Hé ! Qu'en pensez-vous, vous autres ?

L'équipage de la barque se tient silencieux, inquiet. Les pêcheurs commencent à se demander si le *San*

Pancrazio ne serait pas le fameux Vaisseau Fantôme, terreur des marins superstitieux. Fantômette, elle, fait bouillir son cerveau pour trouver la solution du prodigieux problème.

— Voyons... C'est une histoire de fous ! Récapitulons... Premièrement, le *San Pancrazio* contourne le promontoire et s'engage dans le golfe. Bien. Deuxièmement, notre barque contourne à son tour ce promontoire et... plus de *San Pancrazio* ! Troisièmement, nous savons qu'il n'est pas caché derrière l'île. Alors, *où est-il* ?

Elle regarde autour d'elle, interroge l'immensité verte. D'un côté, l'horizon infini. De l'autre, les falaises. Au milieu, l'île de Terrifio.

— Mais c'est absurde ! Un navire de trois cents tonnes ne disparaît pas comme un lapin dans le chapeau d'un prestidigitateur !

Et pourtant, c'est bien ce qui vient de se produire. *Le* San Pancrazio *a été escamoté.*

— Alors, comment ? Quelle astuce la Sulfura a-t-elle imaginée pour réussir un pareil tour de magie ? Faut-il supposer que l'île est truquée ? Qu'elle est creuse, par exemple, et qu'une immense porte s'est ouverte pour laisser passer le bateau, puis qu'elle s'est refermée ? Mais une telle installation serait très difficile à établir. Il faudrait des mois de travail, et un énorme matériel de travaux publics. Cela ne pourrait se faire sans que les autorités s'en aperçoivent... Non, il faut chercher ailleurs.

Sebastiani a arrêté le moteur. La houle imprime à la barque un mouvement de balançoire. La jeune aventurière entortille autour de son index une de ses boucles brunes, signe d'une réflexion intense. Il lui est arrivé maintes fois, au cours de sa vie mouvementée, d'avoir à découvrir la solution d'un problème compliqué. Mais jamais encore elle n'a rencontré de mystère aussi troublant.

— Chercher la cachette d'un trésor, très bien ! Découvrir dans quelle doublure de veston on a dissimulé un diamant, parfait ! Mais trouver où ce maudit Tortoli a fourré son bateau, c'est à s'arracher les cheveux !

Elle regarde l'île intensément, les prunelles dilatées, comme pour y lire une réponse. Mais elle n'y parvient pas.

— Cette île... C'est là qu'est l'explication, je le sens... Ah ! je voudrais m'en rapprocher. Je voudrais la toucher du doigt.

Soudain, elle a une inspiration. Plongeant la main dans une poche intérieure de sa veste, elle en retire la fameuse lampe universelle. Elle dévisse le fond, retire la pile et le tournevis, puis braque la lunette ainsi obtenue vers l'île de Terrifio qu'elle scrute avec une attention aiguë.

Au bout d'un moment, un frémissement de joie lui court le long du dos.

— Mais oui, c'est ça ! Ce ne pouvait pas être autre chose ! Ah ! ils ne sont pas bêtes, ces messieurs de la Sulfura ! Je commence à comprendre pourquoi le *San Pancrazio* est si sale ! La voilà, l'explication !

Elle prend la pompe à air, la branche sur le *Formi-*

dable et entreprend de le gonfler. Sebastiani s'approche :

— Vous allez monter sur votre canot ?

— Oui, je vais me rendre sur l'île.

— Vous espérez retrouver le *San Pancrazio* ?

— C'est fait. *Je l'ai retrouvé.*

Le pêcheur sursaute.

— Comment ? Vous dites ? Où est-il donc ?

Fantômette pointe son index vers l'île.

— Il est là !

— Là ? Où ça ? Je ne vois rien.

— Devant votre nez.

— Mais... Il n'y a rien d'autre que l'île ?

— Bien sûr. Mais prenez cette lunette... Et maintenant, observez bien ces taches brunes, vertes et jaunâtres, un peu à gauche de cette masse de rochers gris... Vous voyez, maintenant ?

Sebastiani s'exclame :

— *Per Bacco !* Mais oui, c'est lui ! Ah ! *Madonna !* Le *San Pancrazio* !

Oui, c'est lui. Mais dissimulé, caché, camouflé parmi la rocaille, les lichens ou les plantes grasses qui s'accrochent aux flancs de l'île. L'ours blanc est invisible sur la neige ; le lion jaune disparaît sur le sable, les rayures du tigre se confondent avec les bambous. De même, le *San Pancrazio* s'intègre au décor devant lequel on l'a mis. Car on l'a savamment truqué, ce bateau ! Un vrai chef-d'œuvre de mimétisme. Avec de larges taches d'algues sur la coque, des filets de pêche sur les superstructures pour en modifier la forme, des bâches accrochées à la proue et à la poupe, des voiles rapiécées de teinte brune ou grisâtre comme les rochers des alentours. De loin, il n'y a rien d'autre à voir qu'un relief tourmenté, des rocailles naturelles, une végétation fantaisiste. Aucun détail suspect ne peut attirer l'attention. Pour parvenir à déceler le bateau dans ce paysage, il faut s'en approcher de très près.

— Ça me rappelle ces devinettes dans lesquelles on doit chercher un personnage ou un animal caché parmi les détails du dessin. Je comprends maintenant pourquoi les gardes-côtes et les avions n'ont rien vu ! Ce n'est pas un bateau, c'est un caméléon !

— Qu'allez-vous faire maintenant ? demande Sebastiani.

— Je vous l'ai dit, juste un petit tour sur l'île. Merci pour le voyage !

Elle met le canot à l'eau, et quitte la barque qui reprend sa route vers le large. Quand les pêcheurs sont hors de vue, Fantômette se déshabille, met ses vêtements dans son sac de plage, puis revêt son justaucorps de soie, agrafe sa cape avec son bijou en or qui représente un F majuscule et se coiffe de son bonnet à pompon. Puis elle ajuste son masque noir et se remet à pagayer vers l'île en obliquant vers l'est, du côté opposé au *San Pancrazio*,

Dix minutes plus tard, elle s'échoue sur le sable fin d'une petite plage, au pied de l'île. Elle fait quelques pas et s'arrête net.

Chapitre 15

À travers le roc

Elle vient d'apercevoir, en bordure de la plage, une ouverture noire à peu près circulaire, dans laquelle pénètre le flux de la mer.

Poussée par la curiosité, elle s'enfonce dans l'eau jusqu'aux genoux et marche en barbotant vers l'entrée d'une grotte. La lumière venant du dehors permet de distinguer nettement l'intérieur. Fantômette entre, et se trouve dans une sorte de hall concave, bordé sur un côté par un quai en pierre large d'environ deux mètres et long comme une salle de classe. Un canot à moteur hors-bord est amarré à ce quai au moyen d'une chaîne qui s'accroche à un anneau de fer. Fantômette monte sur le quai, s'approche de l'embarcation et l'examine d'un œil connaisseur. La coque en plastique est taillée pour voler sur l'eau, et l'imposant moteur doit pouvoir entraîner le canot à une allure folle. Il y a une clé de contact sur le tableau de bord, que la jeune aventurière retire et glisse dans sa poche secrète.

Puis elle se dirige vers l'extrémité du quai. Là, un escalier taillé dans la pierre s'élève contre la muraille.

Le haut des marches se perd dans l'obscurité. Ayant recours une fois de plus à la lampe brevetée, Fantômette éclaire son chemin. Les marches s'arrêtent sur un palier donnant accès à ce qui semble être un tunnel. Sans hésitation, elle s'y engage.

C'est un couloir souterrain probablement d'origine naturelle, ouvert par un de ces tremblements de terre qui sont fréquents dans cette zone de la Méditerranée, mais un couloir aménagé, retaillé par la main humaine pour le rendre plus praticable. Il s'élève selon une pente assez rude, et parfois Fantômette rencontre une marche grossièrement sculptée dans le basalte, qui l'oblige à lever le pied très haut.

Cette rude pente commence à l'essouffler, quand une lueur lui annonce l'extrémité du tunnel. Elle éteint sa lampe et avance plus prudemment. Quelques secondes après, elle passe le nez hors d'un trou à demi masqué par des herbes et du feuillage. Avec précaution, elle glisse son regard à l'extérieur, car après ce séjour dans une demi-obscurité, la lumière solaire est éblouissante.

Elle se trouve presque au sommet de l'île, parmi un amas irrégulier de roches, de buissons et de cactus. La partie la plus haute de Terrifio forme un monticule, à quelques mètres de là.

— Encore un petit effort, et j'inscrirai une escalade de plus sur mon carnet d'alpiniste !

Elle prend une grande inspiration, gravit le monticule en s'aidant des pieds et des mains. Lorsqu'elle a atteint le point le plus élevé qui domine tout le golfe, elle se redresse et regarde autour d'elle. D'abord sur sa droite... Elle voit la partie est du golfe et la mer infinie sur laquelle la barque de Sebastiani n'est plus qu'un minuscule point s'enfuyant vers le large. Puis elle tourne son regard vers la gauche et pousse un cri.

— Mille milliards de pompons noirs ! Que fait ce truc ici ?

Elle a devant les yeux le chevalet du peintre chanteur, sur lequel est toujours posé le paysage représentant l'île. Cette même île sur laquelle elle se trouve en ce moment. Mais le peintre n'est pas là.

— Où est-il passé, notre artiste ténor ? Il abandonne son chef-d'œuvre ? Il le laisse à la portée de la première Fantômette venue ? Et si M. le conservateur du musée du Louvre passait par ici et le lui piquait ?... Mais il faut reconnaître qu'il passe peu de monde. Le coin m'a l'air plutôt désert...

Fantômette s'approche du chevalet, examine le tableau pendant un moment, puis tourne son regard vers le trou d'où elle est sortie de terre. Elle observe la rocaille, les buissons, les cactus, un bosquet de trois petits palmiers, puis regarde de nouveau le tableau avec attention. Elle le touche du doigt, tripote le cadre, regarde ce qu'il y a derrière la toile ; se baisse, gratte le bois du chevalet, se redresse en sifflotant. Puis, brusquement, *elle lance un formidable coup de poing dans le cadre qui vole en éclats*. Elle examine alors la cassure.

— Parfait ! C'est bien ce que je supposais.

Elle redescend vers la sortie du souterrain, pensive, en jouant avec le pompon de son bonnet.

— Tout ceci est bien étrange. Bien obscur. Mais je

commence à entrevoir quelques lueurs... Ah ! quel dommage que mon cher petit brigadier ne soit pas là ! Lui qui ne croit pas à l'existence des pirates sardes !

Elle s'approche des trois palmiers, les considère avec l'intérêt d'un botaniste découvrant une plante rare. Ils sont plantés d'une manière géométrique, aux sommets d'un triangle équilatéral. La jeune aventurière en fait le tour lentement, à demi courbée pour examiner la base des arbres. Ensuite, elle prend place au centre du triangle, frappe le sol du talon.

— Je m'en doutais. Ça résonne, là-dessous. Je suis sur une trappe.

Un nouvel examen du sol confirme cette supposition. En écartant les touffes d'herbe, elle décèle la présence de rainures.

— Quatre fentes formant un carré. C'est bien une trappe. Reste à deviner comment on l'ouvre... Ces petits palmiers doivent me donner la réponse. Ils n'ont pas été plantés là au hasard.

Elle empoigne un des arbres, tente de le secouer, mais sans résultat. Le deuxième ne bouge pas non plus. Mais le troisième, sur une simple poussée, s'incline franchement, le pied formant charnière. En même temps, la trappe se soulève. C'est une plaque de fer recouverte d'une mince épaisseur de terre végétale.

— Et voilà le travail ! Un système simple, mais ingénieux. Ces sulfuri sont de bons bricoleurs. Eh bien, allons voir ce qui se passe là-dessous !

À travers l'ouverture, une amorce d'escalier apparaît. Fantômette descend quelques marches et se

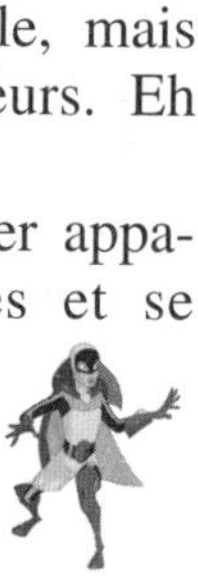

trouve de nouveau dans un souterrain, ce qui l'oblige à rallumer sa lampe. L'orientation de ce deuxième souterrain indique qu'il est dans le prolongement du premier. C'est probablement la même faille naturelle qui en a déterminé la position. En revanche, cette partie n'est pas oblique, mais horizontale. Elle doit être également plus courte, car Fantômette se trouve tout de suite arrêtée par une porte métallique entrebâillée. Une lueur filtre à travers l'ouverture, et des paroles se font entendre. La jeune aventurière éteint sa lampe et s'avance en prêtant l'oreille. Elle reconnaît la voix de Paolo.

Au risque d'être découverte, elle approche son visage de la mince fente et regarde intensément ce qu'il y a derrière la porte. C'est une pièce aux parois cimentées, basse de plafond, éclairée par trois lampes nues, meublée sommairement de bancs et de chaises. Tout l'équipage du *San Pancrazio* s'y trouve réuni, avec le capitaine Tortoli qui fume sa pipe en se balançant sur une chaise.

Il y a là aussi d'autres hommes que Fantômette ne connaît pas, appartenant sans doute aussi à la Sulfura.

Paolo déambule au milieu de ce monde, tournant autour d'une table massive et parlant avec de grands gestes. Mais les pirates ne regardent guère l'homme au complet clair. Leurs yeux contemplent intensément ce qui est étalé sur la table, et le spectacle, fascinant, fait flamboyer des lueurs jaunes dans leurs prunelles.

Sur cette simple table de bois grossier, il y a un amoncellement de petites briques d'or. Des centaines de lingots brillants, polis, satinés... Un spectacle magnifique, éblouissant !... De tous ceux qui sont là, aucun sans doute n'a encore eu l'occasion de voir réunie une telle fortune.

Cependant, Paolo parle :

— Il est joli, ce tas d'or, pas vrai ? Et pourtant, il représente bien peu de chose à côté de ce que nous allons ramasser dans les semaines à venir. Songez que notre prochaine proie, le *Méhemet Ali*, va transporter les trésors de l'émir du Copal. Les pierreries seules représentent déjà trois fois la valeur de cet or. Qu'en dites-vous ?

Un sulfuro lève la main.

— Qu'est-ce que ça nous rapportera ? À chacun ?

— Tu pourras t'offrir une voiture de sport, un yacht et une villa dans les environs de Rome. Ça te va ?

Dans l'assistance, des mouvements de tête marquent une approbation générale. Mais le sulfuro lève de nouveau la main.

— Quand est-ce qu'on va nous donner notre part de ces lingots ?

— J'attends que tout le monde soit là pour procéder au partage. Encore quelques minutes de patience.

Fantômette recule.

— Bon. Moi je n'ai pas besoin d'attendre plus longtemps. J'en sais assez. Demi-tour en vitesse et prévenons les carabinieri. Ils se débrouilleront pour attraper ces oiseaux-là !

Mais quand elle se trouve de nouveau au pied de l'escalier, une surprise désagréable l'attend. *La trappe s'est refermée.*

— Mille bonnets ! Quelqu'un l'a rabattue derrière moi !

Assez inquiète, elle grimpe rapidement les marches, lève le bras pour repousser la plaque de fer. Sans aucun succès : la trappe refuse de s'ouvrir.

— Eh bien, me voilà fraîche ! D'un côté, les pirates... De l'autre, ce maudit couvercle !... Mais on doit pouvoir l'ouvrir de l'intérieur.

Elle a rallumé la lampe universelle et balaie du faisceau le sol, les parois... Elle aperçoit, à demi cachée par une poutre en saillie dans le plafond, ce qui paraît être la poignée d'un levier. Comme elle étend la main vers cette poignée, le souterrain s'illumine brusquement et une voix commande :

— Ne bouge pas, Fantômette, ou je tire !

L'ordre résonne longuement dans l'étroit passage. Lentement, la jeune aventurière tourne la tête. Paolo la menace d'un revolver, un sourire ironique aux lèvres. Derrière lui, les sulfuri se bousculent pour voir qui est cette visiteuse inattendue.

— Décidément, dit Paolo, il était écrit que nous devions nous revoir.

— Vous avez raison, approuve Fantômette en gardant la tête froide, je n'arrive pas à me séparer de vous.

— Et moi, je suis ravi de cet attachement, chère amie. Par ici, s'il vous plaît...

Il lui fait signe de revenir et d'entrer dans la salle de réunion. Elle obéit et se trouve entourée par une vingtaine de pirates qui la regardent avec une curiosité hostile. Le capitaine Tortoli grogne :

— Encore cette petite peste ? Tu avais raison, Paolo, j'aurais mieux fait de la noyer dans le port, comme un rat.

— Rien n'est encore perdu, mon cher Tortoli. Elle ne quittera pas l'île vivante. Et je te jure bien que cette fois-ci, elle ne s'évadera pas ! Luigi ! Dino ! Fouillez-la !

Deux sulfuri aux allures de catcheurs empoignent la prisonnière qui les gratifie d'un nombre incalculable de coups de pied. Mais cette résistance ne peut empêcher les deux hommes de trouver la lampe brevetée. Paolo paraît déçu.

— Comment ? C'est tout ? Elle n'est même pas armée ? Et ça veut s'attaquer à la toute-puissante Main Jaune ? Mauviette, va !

— Mauviette, moi ? Vous ne vous êtes pas regardé, espèce de mannequin de supermarché !

Paolo blêmit. Il marche vers Fantômette en levant la main pour la frapper. Une voix lance :

— Du calme, Paolo ! Laisse cette gamine.

La porte vient de s'ouvrir. L'homme au complet clair interrompt son geste, en même temps que tous les sulfuri se lèvent en signe de respect. On croirait voir une salle de classe au moment où le directeur de l'école apparaît. Fantômette regarde, elle aussi, celui qui vient d'entrer. Tranquillement, avec la calme assurance d'un chef auquel on obéit sans discuter, il s'avance au milieu de la pièce, s'assoit à califourchon sur une chaise et dit sèchement :

— Maintenant, ma petite, on va s'expliquer.

C'est le peintre chanteur.

Chapitre 16

Le miracle

Fantômette approuve.

— Bonne idée ! Causons...

Elle ne sait pas à quoi cette conversation va aboutir mais ce répit lui permettra peut-être de se tirer de l'affreux guêpier dans lequel elle s'est fourrée, il faut le reconnaître, assez étourdiment.

— Tout d'abord, dit le peintre, j'aimerais savoir comment tu as découvert notre repaire. Il n'y a pourtant aucun écriteau, n'est-ce pas ?

— Non, il n'y a pas d'écriteau ; mais trois jolis petits palmiers disposés d'une manière si géométrique que c'est vraiment peu naturel. D'autre part, l'apparition de ces palmiers sur l'île de Terrifio est toute récente. Or, des arbres ne peuvent pousser en quelques jours. Des radis, oui. Pas des palmiers. Vous les avez mis en place récemment.

— Comment le sais-tu ?

— Élémentaire, mon cher monsieur. Les arbres ne figurent pas sur votre tableau. Or, vous avez peint cette toile il y a peu de temps. La peinture est encore fraîche. Donc, ces arbres sont apparus à une date encore plus récente. Pas vrai ?

— Oui, ils ne sont là que depuis trois semaines. Est-ce tout ce que tu as découvert ?

— Oh ! je pourrais vous raconter encore bien des choses. Tenez, par exemple... Je sais pourquoi le *San Pancrazio* a une coque sale et des voiles grisâtres : c'est pour se confondre avec les rochers. J'ai également trouvé pourquoi le pétrolier *Traviata* a disparu il y a un mois sans laisser aucune trace de son naufrage,

Le peintre a l'air intrigué.

— Tiens ! Vraiment ? Que s'est-il donc passé, selon toi ?

— Vous avez coulé ce bateau, probablement en le faisant sauter. Mais auparavant, vous aviez pris soin de vider le pétrole qu'il contenait à *l'intérieur* de l'île. Nous sommes sur une île volcanique, pas vrai ? Elle contient des cavernes. Il est probable qu'avec l'aide de l'ingénieur Coquetier qui est géologue, vous avez aménagé une de ces cavernes pour y stocker du pétrole. Ce carburant doit vous servir à ravitailler le *San Pancrazio* sans qu'il soit contraint de revenir à Cagliari. Est-ce exact ?

— Parfaitement exact. Coquetier croyait que je voulais établir un réservoir d'eau. Mais quand il s'est aperçu que nous déversions dans la caverne le pétrole du *Traviata*, il a voulu nous dénoncer. C'est pourquoi nous nous sommes débarrassés de lui. Et maintenant, ma petite, nous allons nous occuper de toi. Tu es

vraiment trop curieuse, et la Main Jaune n'aime pas que l'on s'occupe de ses affaires.

Il allume une pipe, ajoute :

— Tu sais d'autres choses ?

— Bien sûr. Je sais pourquoi vous passiez vos nuits à chanter sur le pont de l'*Anthéor*.

— Pas possible ? Tu as trouvé ça aussi ?

— Mais oui. J'ai découvert que votre chevalet est truqué. Un des pieds contient un émetteur de radio ; l'autre, les batteries. Le cadre du tableau est une antenne orientable, je l'ai démoli et j'y ai trouvé des fils électriques. Quant à vos chansons, c'est un code secret qui vous permet de lancer des ordres. Au lieu de dire *Attaquez l'« Anthéor » !*, vous chantez *O sole mio*.

Le peintre sourit.

— Mes compliments. Ta perspicacité est remarquable. Mais décidément tu en sais trop long et tu nous gênes beaucoup. C'est dommage, mais je vais être obligé de te rayer du nombre des vivants.

— Avant d'être rayée, puis-je vous poser une question à mon tour ?

— Pourquoi pas ? Je t'écoute.

— Je voudrais savoir comment Paolo a pu deviner que j'étais dans le souterrain. Je ne crois pas avoir fait de bruit, pourtant ?

Le peintre désigne une petite ampoule rouge fixée au mur. Il explique :

— Cette lampe est un signal d'alarme. C'est moi qui l'ai allumée au moyen d'un bouton placé à l'extérieur, sur un des palmiers. Je venais de faire le tour de l'île, quand j'ai vu la trappe ouverte. Alors, j'ai prévenu Paolo de cette manière, pour lui faire savoir qu'un intrus — ou plutôt une intruse — venait de descendre. Oh ! nous savons prendre nos précautions.

Il jette un coup d'œil sur sa montre.

— Le temps passe. Nous allons nous occuper de toi.

Il se lève. Un cercle menaçant s'est formé autour de la prisonnière. Vingt faces grimaçantes, impitoyables. Pas un de ces forbans n'est décidé à faire le moindre geste en sa faveur. Comment briser ce cercle ? Comment s'échapper ? Impossible. Depuis un moment, elle se rend compte à quel point sa situation est désespérée. Que peut-elle faire ? Rien, sinon retarder le plus possible l'instant final. Déjà le peintre — le véritable chef de la Sulfura — donne des ordres. Fantômette est empoignée, attachée. Elle proteste :

— Encore ! C'est une manie que vous avez, de ficeler les gens ! Alors, je ne suis plus libre de me promener ? Savez-vous que ça va vous coûter très cher ? Il est très dangereux de s'attaquer à Fantômette, parce qu'elle n'aime pas ça. Vous feriez cent fois mieux de me laisser partir.

Le peintre hausse les épaules et fait claquer ses doigts en désignant une sorte de disque posé sur le sol, qui ressemble un peu à un couvercle de marmite. Un sulfuro s'approche, se baisse, soulève le disque. Un trou noir apparaît. Le peintre demande :

— Sais-tu ce qu'il y a là-dessous, gamine ?

— Non, m'sieur. C'est l'entrée du métro ?

— C'est l'orifice supérieur de la *caverne à pétrole*.

Fantômette sent un frisson la parcourir. Mais elle est décidée à rester impassible jusqu'au bout. Elle ne laissera pas voir aux sulfuri qu'elle a peur. Et elle plaisante :

— Ah ! le pétrole est donc dans cette caverne ? Vous vous éclairez donc encore avec des lampes à pétrole, comme mon arrière-grand-mère ? Vous n'êtes pas très modernes. Mais je ne vois pas en quoi cette cuve à pétrole peut me concerner.

— Vraiment ? Eh bien, tu le verras quand tu seras en train de barboter dedans. Luigi ! Accroche-lui ce plomb aux pieds.

Le sulfuro attache aux chevilles de la jeune aventurière un de ces plombs cylindriques qui servent à tendre les filets sous l'eau. Fantômette secoue la tête.

— Mes pauvres messieurs, vous êtes en train de faire une erreur grosse comme une montagne. Je vous répète que vous allez le payer très cher !

— Et moi, ma petite, reprend le peintre, je dis que tu es en train d'user ta salive pour rien. Tu ne t'en tireras pas, cette fois. Tu es seule. Personne ne sait que tu es ici.

Fantômette se dit qu'elle n'a plus rien à espérer, en effet. Le peintre a raison. Personne ne peut deviner qu'elle est enfermée dans cette pièce souterraine, invisible de l'extérieur. Que peut-elle faire d'autre, que de gagner du temps en racontant n'importe quoi, dans l'attente d'un miracle impossible ? Elle a assez d'empire sur elle-même pour garder le sourire et bluffer. Autrement dit, pour tenter de faire entrer un doute dans l'esprit du chef de la Main Jaune.

Elle répète :

— Vous faites erreur. *Quelqu'un* sait que je suis votre prisonnière. Plusieurs personnes, même.

— Qui donc ?

— Une certaine Ficelle. Une certaine Boulotte. Un certain vulcanologue nommé Ulysse Patatrasse. Votre cher Paolo les connaît bien, d'ailleurs. N'est-ce pas, mon bon Paolo ?

Paolo fait une moue dédaigneuse :

— Comment pourraient-ils savoir que tu es ici ?

— Ils ont de nouveau téléphoné à l'hôpital Calomel. L'ingénieur Coquetier les a renseignés.

— Il doit être mort, à l'heure qu'il est.

— Pas du tout ! Bien au contraire. Il va beaucoup mieux, et il a parlé. Il a révélé tout ce que contenait l'enveloppe jaune que vous avez volée, mon cher Paolo. M. Patatrasse connaît donc l'existence de ce souterrain et le moyen d'y parvenir en faisant basculer un des palmiers. Il a aussitôt prévenu la police et maintenant c'est une véritable flotte de guerre qui se dirige vers l'île. Dans une heure ou deux, peut-être même dans quelques minutes, vous serez sous le feu des vedettes garde-côtes. Alors, messieurs, vous serez cuits. Et si l'on me repêche au fond d'une cuve à mazout, je ne donnerai pas cher de votre peau !

Un mouvement d'inquiétude se dessine dans l'assemblée des pirates. Les paroles de Fantômette font leur effet. Il y a quelques murmures, et des visages se tournent vers le peintre, comme pour l'interroger. Il lève la main.

— Rassurez-vous, ce sont des paroles en l'air. Elle raconte n'importe quoi pour gagner du temps. Allez, Luigi, jette-la dans le trou !

Paolo intervient :

— Pourtant, si elle disait vrai ?

— Mais non ! Tu ne vas pas croire ces bêtises ? D'ailleurs il est très facile de s'assurer que nous sommes en parfaite sécurité... Dino ! jette un coup d'œil au-dehors. Nous allons bien voir si ces fameux bateaux sont en vue.

Dino sort. Le peintre tapota sa pipe contre son talon et secoue la tête.

— Tu es une bonne comédienne, Fantômette. À t'entendre, on pourrait croire que tout ce que tu dis est vrai. Dommage que tu n'aies pas fait du théâtre. Maintenant il est trop tard. Encore trois secondes et ce sera le plongeon final.

— Dans trois secondes, monsieur le barbouilleur, vous ferez, comme on dit, une drôle de bobine !

La porte se rouvre, et Dino rentre brusquement, le visage tout pâle, les yeux affolés. Il crie :

— Alerte ! Sauve qui peut !

Chapitre 17

Ficelle fait des recherches

Le peintre se lève d'un coup.

Il s'exclame :

— Quoi ? Qu'est-ce que tu dis ?

— Je dis qu'il faut partir, vite, vite !

— Pourquoi ?

— Des parachutistes descendent sur l'île ! Ils sont en train de nous tomber dessus ! Vous n'entendez pas ce bourdonnement ? Le ciel est rempli d'avions, et il y a des vedettes dans le golfe !

Un intense frémissement de joie saisit Fantômette. Elle sent son cœur battre à grands coups. Ainsi donc, l'impossible se réalise ! Ce qu'elle a imaginé, ce qu'elle n'osait espérer s'est réellement produit... L'impossible miracle s'accomplit, à la dernière minute !

Sans plus s'occuper de la prisonnière et ne songeant qu'à eux-mêmes, les sulfuri se précipitent vers la table pour saisir les lingots, s'en remplir les poches, les empiler sur leurs bras. Puis ils se bousculent pour sortir, se renversent, se donnent des coups

de pied afin de se frayer un passage dans un désordre indescriptible ! Fantômette les encourage :

— Allons, mes lapins, un peu de calme et de discipline ! Vous piétinez votre brave ivrogne de capitaine !... Attention, vous déchirez le beau costume de Paolo !... Ohé ! le barbouilleur, vous avez perdu votre pipe !... Alors, on me laisse tomber ? On s'en va sans prendre congé poliment ? Quelle bande de mal éduqués, tout de même !... Hé ! il reste encore une douzaine de lingots ! Vous ne les emportez pas, non ? Ils font les choses à moitié, ces gens ! Quel manque de conscience professionnelle !

Un sourire moqueur aux lèvres, elle les voit disparaître tous, puis un silence s'établit. Trois ou quatre coups de feu éclatent alors, accompagnés de cris et d'exclamations que la distance étouffe. Ensuite, un nouveau silence, suivi d'une galopade dans le souterrain. Cette fois-ci, quelqu'un s'approche. Un sergent parachutiste apparaît, casqué de cuir et armé d'une mitraillette. Il porte un émetteur de radio accroché à l'épaule. Fantômette l'accueille avec bonne humeur.

— Salut, sergent ! Ravie de vous voir. Les pirates sont capturés ?

Le parachutiste s'est figé, bouche ouverte et yeux ronds, stupéfait par l'insolite présence de ce diable masqué et ficelé. Méfiant, il demande :

— Qui êtes-vous ?

— Vous n'avez jamais entendu parler de Fantômette ?

— Ah ! La jeune Française qui se bat contre les voleurs ?

— Elle-même. Mais il n'est pas très facile de se battre, justement, quand on est ficelée comme je le suis !

Il s'empresse de la détacher, pendant que d'autres parachutistes entrent dans la salle. La jeune aventurière les interroge pour savoir si les sulfuri ont été capturés. L'un d'eux répond :

— Je crois que nous les tenons tous. L'île est complètement encerclée, et ils ne peuvent plus s'échapper.

— Je vais voir ça.

Fantômette sort de la salle, suivie par le sergent, longe le couloir, monte l'escalier et se trouve à l'air libre, brusquement assourdie par le ronflement des avions qui tournent en cercle. Au pied du monticule, les pirates sont groupés, mains en l'air, sous la menace des parachutistes. Pendant que le sergent met en marche son émetteur pour communiquer avec les vedettes, Fantômette s'approche des pirates, les dévisage un par un. Il y a là Paolo, le capitaine Tortoli et son équipage. Mais pas le peintre. Où est-il donc passé ? Paolo ricane.

— Tu cherches notre chef, hein ? Trop tard. Il a filé.

— Par où ?

Du menton, l'homme au complet clair désigne l'ouverture du premier souterrain, celui qui aboutit à la mer.

— Par là. En bas, il y a un hors-bord rapide, et notre chef a des chances de s'en sortir. Il nous fera évader et remettra sur pied la Sulfura.

— Vraiment ? Vous avez en lui une bien grande confiance.

— Une confiance aveugle !

— Oui, c'est en effet de l'aveuglement de votre part. Reconnaissez-vous ceci ?

Fantômette tient entre le pouce et l'index une clé plate qui brille au soleil. La clé de contact du hors-bord. Paolo mâchonne un juron, pousse un soupir et baisse la tête.

*
* *

À 8 heures du matin, Ficelle entre dans la chambre de Françoise en hurlant :

— Allez ! debout là-dedans, triple paresseuse ! Prends exemple sur l'invincible Ficelle, qui vient d'inventer un nouveau plan mirifique pour anéantir la Sulfura !

Ficelle n'a pas la possibilité d'exposer le plan mirifique à son amie, car la chambre est vide. Le lit n'est même pas défait. Sur la table de nuit, Ficelle découvre un petit papier et lit ces mots : « *Je vais sur l'île de Terrifio.* »

8 heures 30 — M. Ulysse Patatrasse téléphone à l'hôpital Calomel. L'ingénieur Coquetier lui révèle tout ce qu'il sait de la Sulfura, l'existence du souterrain et le moyen d'y pénétrer.

8 heures 40 — M. Patatrasse, accompagné de Ficelle et de Boulotte, alerte les autorités du port. Il

signale qu'une jeune touriste se trouve probablement sur l'île.

9 heures — Une escadrille de patrouilleurs décolle du porte-avions *Fupazzo*. En même temps, des vedettes rapides partent de Cagliari et mettent le cap vers Terrifio. Sur l'une d'elles se trouvent le vulcanologue et les deux filles.

*
* *

Moteur lancé à fond, la vedette *Spadaccino* fonce vers l'île. La proue se soulève et retombe en projetant des gerbes d'écume. Cramponnée à la rambarde, serrant les dents, Ficelle a grand-peine à maintenir son équilibre, et son estomac commence à l'incommoder fortement. D'une voix angoissée, elle demande à l'officier qui commande la vedette :

— *Signore,* en avons-nous encore pour longtemps ?

— Non, non. Tenez, nous arrivons en vue du golfe de Terrifio... Ah ! excusez-moi, on m'appelle...

Un bourdonnement s'élève du poste de pilotage. L'officier décroche l'écouteur d'un radiotéléphone et entre en communication avec les parachutistes qui viennent d'atterrir sur l'île.

— Allô ? Le sergent Fiorelli ? Je vous entends parfaitement...

Après une minute de conversation, il raccroche et se tourne vers M. Patatrasse :

— Vous aviez raison, monsieur. Les paras viennent

de découvrir un repaire souterrain et ils ont capturé les sulfuri.

— Ont-ils trouvé notre amie Françoise ?

— Le sergent vient de me dire qu'il a délivré une certaine Fantômette. Une jeune aventurière française.

Ficelle s'exclame :

— Fantômette ! Ce n'est pas possible ! Que feraitelle à Terrifio ? Ça, par exemple ! Fantômette est dans le coup ! J'en suis toute mixée ! Quelle affaire fantas ! J'en ai les yeux tire-bouchonnés ! Quelle histoire à s'en taper le nez sur les talons !

— Quel langage ! murmure M. Patatrasse, amusé malgré la gravité des circonstances.

La vedette ralentit en se rapprochant de l'île. L'officier tend une paire de jumelles à M. Patatrasse.

— Voyez si vous apercevez la jeune Française.

M. Patatrasse saisit les jumelles d'une main, les laisse tomber, les rattrape à la seconde où elles vont passer par-dessus bord ; puis, appuyant son ventre contre le bastingage, il réussit à les braquer vers le haut de l'île.

— Ah ! j'aperçois les parachutistes... Devant eux, je vois les pirates qui lèvent les bras... Mais Françoise n'a pas l'air d'être parmi eux...

— C'est terrible ! dit Boulotte en engloutissant une galette aux amandes.

— Vous ne voyez pas Fantômette ? demande Ficelle, surexcitée (elle en oublie son mal de mer).

— Non, je ne la vois pas non plus...

Le bourdonnement de la radio se fait de nouveau entendre, et l'officier appelle :

— Allô ? Sergent Fiorelli ?... Comment ? Par où ?... Une grotte au pied de l'île ? Du côté est ?... Entendu ! Nous y allons !

Il raccroche et dit au vulcanologue :

— Voulez-vous regarder vers le bas de l'île ? Il paraît que le chef de la Sulfura est en train de s'échapper par là...

M. Patatrasse obéit et fait un signe affirmatif :

— Oui, oui ! Je vois un canot pneumatique ! Il y a un homme dedans... Il pagaie tant qu'il peut...

— Oh ! faites voir ! s'exclame Ficelle.

M. Patatrasse tend les jumelles à Ficelle qui les saisit avec empressement, regarde en direction du fuyard.

— Oh ! Mon canot pneumatique ! C'est le *Formidable* ! Il se sauve avec ! Au voleur ! Au voleur ! Arrêtez-le !

— Rassurez-vous, dit l'officier, nous aurons vite fait de le rattraper ! La barre à droite, toute !

À l'instant où la vedette s'élance à la poursuite du fuyard, un hors-bord jaillit de la grotte et bondit sur la crête des vagues avec un ronflement qui fait concurrence au bruit des avions. Il se dirige droit vers le *Spadaccino*. À son bord se trouve une sorte de diable jaune, dont la cape rouge et noire flotte au vent de la course. Les deux bateaux se rapprochent l'un de l'autre à une vitesse effrayante. Ficelle s'exclame :

— C'est Fantômette ! Mais elle est folle ! Elle va nous rentrer dedans !

À la dernière seconde, le hors-bord fait une embardée pour éviter la vedette, en même temps que l'aventurière lance un cylindre brillant qui retombe aux pieds de Ficelle. La grande fille entrevoit l'éclair d'un sourire et entend une voix juvénile qui crie :

— Adieu ! Donnez le bonjour de ma part à Françoise !

Un bonnet à pompon est agité trois ou quatre fois, puis le canot s'efface dans un nuage de brouillard et d'écume. Ficelle se baisse pour ramasser l'objet. C'est sa lampe brevetée.

— Par exemple ! Comment Fantômette pouvait-elle avoir ma lampe ? En voilà un gros mystère ! Et comment pourrai-je donner le bonjour de sa part à Françoise, puisque je ne sais pas où elle est ?

— Mais si, coupe Boulotte en croquant une nouvelle galette, nous savons qu'elle est sur l'île. Les parachutistes ne l'ont pas trouvée parce qu'ils ont mal cherché.

— Tu as raison. Nous allons fouiller Terrifio millimètre par millimètre et nous allons retrouver Françoise. Alors, je pourrai lui dire que Fantômette lui envoie son bonjour.

Ficelle a donc débarqué sur Terrifio. À l'heure où nous écrivons ces lignes, elle n'a pas encore retrouvé Françoise. Pourtant elle cherche, en employant sa lampe brevetée qu'elle a transformée en loupe. Elle regarde sous les cactus, retourne les brins d'herbe, soulève les cailloux sans se lasser.

Nous ne manquerons pas de vous tenir au courant du résultat de ses recherches.

Table

Composition ***Jouve*** — 53100 Mayenne

Imprimé en France par ***Partenaires-Livres***®
n° dépôt légal : 57897 - mai 2005
20.20.0896.02/9 - ISBN 2.01.200896.8

Loi n° 49-956 du 16 juillet 1949
sur les publications destinées à la jeunesse